Herzlos
Andrea Schneeberger

Andrea Schneeberger

Herzlos

Novelle

1. Auflage 2021
© 2021 Andrea Schneeberger, Tempus Logus Verlag,
Tribschenstrasse 70, 6005 Luzern. tempuslogus.ch
Herstellung und Verlag BoD – Books on Demand, Norderstedt

Lektorat: Wolma Krefting, bueropia.de
Korrektorat: Sandra Krichling, text-theke.com
Korrektorat: Daniela Höhne, verlorene-werke.de
Umschlaggestaltung: Juliane Schneeweiss, juliane-schneeweiss.com
Bildmaterial: shutterstock/Susanitah
Layout: Corinna Rindlisbacher, ebokks.de

ISBN Taschenbuch: 978-3-754-33229-0
ISBN Hardcover: 978-3-754-33228-3

Und plötzlich sehe ich meine Kindheit mit anderen Augen. Erkenne ihren Schatz und die Wahrheit, die meinen Gefühlen innewohnt. So ist die Suche im Erwachsenwerden und im Außen eine endlose Reise voller Abenteuer, die am Ende in das Innere führt, wo das Ziel ist, das zu Hause und die Wahrheit.

1

Barons Begräbnis

*D*er Vater, Leonhard Rappold, hielt eine kleine, hölzerne Box in den Händen. Sie war ungefähr so lang wie das Lineal in Melinas Mäppchen und zirka halb so breit. Eine Schleife war wie bei einem Geschenk darum gebunden. Melina starrte das Holzkästchen schweigend an. Schließlich begannen ihre Lippen zu zittern und Tränen traten ihr in die Augen.

»O Melina«, sagte ihr Vater. Nicht mehr und nicht weniger.

Hinter ihm stand die Mutter, Ella. Sie blinzelte heftig, während ihre Lippen genauso bebten wie die ihrer Tochter.

»Das ist alles?«, brachte das zwölfjährige Mädchen hervor. Mit den Fingern wischte sie sich die Tränen weg, aber sie wurden sogleich durch neue ersetzt.

»Willst du die Box halten?«, fragte ihr Vater.

Melina schüttelte erst entschieden den Kopf, um dann mit derselben Entschlossenheit zu nicken. Sie streckte ihre Hände aus. Ihr Vater übergab ihr das Kistchen.

»Es ist so leicht«, stellte Melina fest und wurde von einem Weinkrampf geschüttelt. »Warum ist es so leicht?«

Die letzten Worte schrie sie fast. Ihre schmalen Finger verkrampften sich verzweifelt um das Behältnis. »Baron war doch ziemlich groß für eine Katze.«

Hilfesuchend drehte sich der Vater zur Mutter um. Sein Blick flehte: *Hilf mir, ich weiß nicht, was ich sagen soll!*

Ella trat schnell neben ihren Mann, beugte sich vor und streichelte mit dem Handrücken die Wange ihrer Tochter. »Das liegt daran, dass Barons Seele nicht mehr in seinem Körper war.« Leonhard Rappold sah seine Frau mit hochgezogener Braue an, während Melina skeptisch dreinblickte. »Ist Baron nun bei Großpapa?«, folgerte das Mädchen.

»Ja, das ist er«, antwortete ihr Vater rasch.

»Und in der Box sind nur noch Fell, Knochen und so?« Abschätzend betrachtete Melina das Kistchen. »Dafür wiegt es doch zu wenig.«

»Weißt du, durch das Feuer wurde alles ganz klein und leicht«, erklärte Ella.

Das Wort *Feuer* ließ Melina zusammenzucken. Es war fast genauso schlimm, wie Baron daliegen zu sehen, als es ihm schlecht ging und dann beim Tierarzt, als er auf dem Frottiertuch gelegen hatte, sediert von dem Betäubungsmittel und schließlich getötet durch eine Überdosis eines Narkotikums.

»Möchtest du Baron so behalten oder lieber begraben?«, fragte der Vater.

Melina sah erneut auf die kleine Box in ihrer Hand. »Ich muss eine Nacht darüber schlafen.«

Die Eltern nickten verständnisvoll.

Einen Tag später, die hölzerne Urne hatte die ganze Nacht auf dem Nachttisch gestanden, bestand Melina darauf, die Kiste zu beerdigen. Sie teilte es ihren Eltern beim Frühstück mit, während sie lustlos in ihrem Müsli stocherte.

»Wo willst du ihn begraben?«, fragte Leonhard sanft.

»Am Fluss, auf der Waldseite«, antwortete Melina. Sie hatte die halbe Nacht wach gelegen und darüber nachgedacht, wo Baron gerne sein würde. Das war der Ort, den er mochte, dessen war sie sich sicher. Oft hatte er am Fluss gesessen und erwartungsvoll zum Wald geschaut. Dabei hatte er immer ausgesehen wie ein Miniaturlöwe. Der Eindruck war durch sein längeres Fell und die hellbraune Farbe entstanden. Manchmal hatte Melina neben ihm gesessen, auch sie voller Erwartungen. Denn wenn der Wind durch die Bäume strich, dann war das Rascheln der Blätter wie ein verheißungsvolles Raunen. Oft ertappte sie sich dabei, sich zu wünschen, in den Wald zu gehen – aber das durfte sie nicht. Es sei gefährlich, sagten ihre Eltern. Besonders ihre Mutter hatte vor dem Wald Angst. Sie wurde immer ganz weiß um die Nasenspitze, wenn das Thema aufkam.

»Der Wald ist verflucht«, flüsterte sie. »Er ist kein Ort für Kinder.«

»Warum?«, fragte Melina und Ella antwortete: »Der Wald gehört nicht den Menschen.«

»Wem dann?«, hakte das Mädchen nach. Ihr Vater antwortete dann mit einem Schmunzeln: »Den Tieren und den Bäumen, wem denn sonst?«

Melina erinnerte sich, wie sie in der ersten Klasse ihre Schulkameraden gefragt hatte, warum es verboten sei, den Wald zu betreten. Ihre Mitschüler hatten sie ausgelacht.

»Es ist nicht verboten«, hatte Ann-Katrin gekichert. »Wer hat dir so etwas erzählt?«

»Meine Eltern«, hatte Melina wahrheitsgetreu erwidert und dafür Kopfschütteln geerntet.

»Es ist nur ein Wald«, hatte Max gegrölt.

»Deine Eltern sind wohl ein bisschen meschugge«, hatte Rahel gemeint. »Pass auf, dass du nicht auch so wirst.«

Melinas Herz hatte sich schmerzlich zusammengezogen. Es war das erste Mal gewesen, dass man ihr das sagte, aber nicht das letzte Mal. Nach diesem einen Erlebnis hatte es ein weiteres gegeben.

Sie waren mit der Lehrerin draußen auf einer Wiese gewesen und mussten zeichnen, was sie sahen. Melina hatte fliegende, regenbogenfarbene Tropfen gemalt. Die Lehrerin hatte sich über sie gebeugt und gefragt: »Aber, Melina, was ist das denn?« Sie hatte auf die Tropfen gedeutet.

Das Mädchen hatte mit den Schultern gezuckt. »Keine Ahnung, aber sie sind hier überall.« Sie hatte eine allumfassende Handbewegung gemacht.

Den Mitschülern war der Wortwechsel nicht entgangen, und so war Melina erneut ausgelacht worden. Die Lehrerin hatte die Schüler zurechtgewiesen. An das Mädchen gewandt hatte sie verständnislos gesprochen: »Kleines, hier gibt es keine schwebenden Tropfen.« Nach diesem Vorfall hatte Melina den Stempel *verrückt* erhalten und wurde seitdem von ihren Mitschülern gemieden.

Die Lehrerin ihrerseits hatte es für angebracht gehalten, die Eltern zu einem Gespräch einzuladen.

»Du solltest solche Dinge nicht erfinden«, hatte der Vater gesagt und die Mutter hatte zustimmend genickt.

»Ich habe nicht gelogen!«, hatte Melina beharrt und verzweifelt das Gesicht verzogen.

»Doch!«, hatte ihre Mutter in einem scharfen Tonfall gesagt. »Du glaubst Dinge zu sehen, die nicht real sind. Du musst lernen, sie auszublenden oder die anderen Kinder werden dich verstoßen.«

Melina hatte genickt. Sie sah weiterhin die lustigen, schwebenden Tropfen, aber sie behielt es als Geheimnis für sich. Und manchmal hörte sie auch Gesänge. Glockenhelle Gesänge, die ihr Herz wärmten und sie glücklich machten, obwohl sie keine anderen Freunde außer Baron gehabt hatte. Baron, der sie nun verlassen hatte.

»Du kannst ihn auf unserer Seite des Flusses bestatten«, sagte Leonhard.

»Ich will ihn aber auf der Waldseite begraben. Er möchte dort sein. Er hat immer hinübergeblickt!« Scheppernd ließ sie den Löffel neben die Müslischüssel fallen.

»Kommt nicht infrage. Das weißt du haargenau«, schaltete sich ihre Mutter mit energischer Stimme ein. »Die andere Seite des Flusses ist tabu.«

»Warum?«

»Das haben wir dir erklärt«, sagte der Vater.

»Nicht wirklich!«

»Dein Vater und ich sagen Nein und dabei bleibt es!« Ihre Mutter sah sie eindringlich an. Melina stellte fest, dass sie, wie immer bei der Wald-Diskussion, bleich um die Nasenspitze geworden war.

»Ihr seid so gemein!«, platzte es aus Melina heraus. Sie sprang so heftig vom Stuhl auf, dass dieser ins Wanken geriet und umkippte. »Baron möchte dort sein!«

»Baron hat auch einen guten Blick an der Stelle, wo er immer gesessen hat. Begrab ihn doch dort.« Ella schlug einen sanfteren Tonfall an.

»Nein!«

So ging das noch eine ganze Weile weiter, bis Melina nichts anderes übrig blieb, als einzuwilligen.

»Aber ich will ihn allein begraben«, sagte sie schließlich trotzig.

»Ich kann dir doch dabei helfen«, warf ihr Vater ein.

Melina schüttelte entschieden den Kopf. »Nein, ich will das allein tun.«

»Aber ein Loch zu graben, das tief genug ist, ist nicht so einfach und braucht Zeit und Kraft.«

»Das ist mir egal.« Sie schürzte schmollend die Lippen. »Ich kann das.«

Die Eltern tauschten Blicke aus. Es war schließlich ihre Mutter, die zustimmte.

»Aber du bleibst schön in Sichtweite zu meinem Büro«, sagte der Vater. »Und wink mir zu.«

Melina nickte.

2

Der Junge

*E*twas später zog das Mädchen los. Im Rucksack trug sie Barons Überreste und in der rechten Hand eine Schaufel, die extra für Kinder war. Hier und da musste Melina nämlich ihrer Mutter im Garten helfen.

»Zieh dir die Gummistiefel an«, hatte ihre Mutter geraten. »Und einen Pullover.«

Melina hatte gehorcht. Es war ein sonniger Frühlingstag, aber ein leichter, kühler Wind blies, der – wie es schien – noch nicht ganz den Winter vergessen konnte.

Ihre Mutter begleitete sie bis zum Ende des Gartens, bis dorthin, wo der schmale Weg begann, der durch die Wiese führte und bis zum Fluss reichte.

Wie immer war Ella nervös, wenn ihre Tochter allein nach draußen ging. Melina hatte manchmal den Eindruck, ihre Mutter würde sie am liebsten im Haus gefangen halten. Warum, konnte sie sich nicht erklären. Sie war wohl einfach eine sehr ängstliche Person oder vielleicht doch etwas verrückt, so wie ihre Mitschüler behaupteten. Nein, Melina glaubte das nicht. Ihre Mutter war einfach sehr besorgt, weil sie Melina so sehr liebte.

»Pass auf dich auf«, rief die Mutter ihr hinterher.

»Mach ich«, erwiderte Melina, ohne sich umzudrehen. Sie spürte den besorgten Blick in ihrem Rücken. Er verursachte ihr ein unangenehmes Kribbeln wie ein Wollpullover auf nackter Haut. Erst als das Kribbeln verschwand, drehte Melina sich um. Ihre Mutter war weg. Sie ließ ihren Blick zum Wintergarten schweifen, wo ihr Vater sein Büro eingerichtet hatte und zeichnete. Nur im Moment stand er mit verschränkten Armen an der Fensterfront und sah seiner Tochter nach. Obwohl Melina seinen Gesichtsausdruck nicht richtig erkennen konnte, ahnte sie, dass sich auf seiner Stirn nachdenkliche Falten abzeichnen würden und seine hellblauen Augen sich verdunkelt hatten wie vor einem Gewitter. Sie hatte diesen Ausdruck schon oft gesehen. Manchmal, wenn er vor einem Bild stand und nicht weiterwusste. Ab und zu, wenn er Post bekam und sehr oft, wenn er sie von der Seite betrachtete und dachte, sie würde es nicht bemerken.

Melina drehte sich wieder um und ging weiter ihres Weges. Als der Fluss in Sichtweite kam, hielt sie an. Einen Augenblick stand sie einfach so da. Atmete und hörte dem Raunen der Blätter und dem Plätschern des Flusses zu. Etwas später legte sie die Schaufel ab, nahm den Rucksack von ihren Schultern, stellte ihn ins Gras und nahm die Holzkiste heraus.

»Wo soll ich dich vergraben?«, fragte sie die Urne.

Melina erhielt keine Antwort in Worten, dennoch wusste sie in dem Moment, in dem sie aufsah, dass sie die richtige Stelle gefunden hatte. Eigentlich hätte sie sofort daran denken können, immerhin hatte sie oft auf dem Stein gesessen und Baron davor. Rasch packte sie die Urne wieder in ihren Rucksack, hob die Schaufel hoch und ging zu dem Stein.

Melina grub so lange und so tief, bis die Hände schmerzten. Ihr Vater hatte recht gehabt, es war wirklich nicht so einfach, eine tiefe Grube auszuheben. Melina ließ sich ins Gras fallen und strich sich mit dem Handrücken die verschwitzten Haarsträhnen aus dem Gesicht. Sie war dankbar, dass ihre Mutter ihr eine kleine Thermoskanne mit Tee eingepackt hatte. Gierig trank sie davon.

Als ihr Durst gestillt war, nahm sie die kleine Holzkiste aus dem Rucksack. Andächtig platzierte sie diese in das ausgehobene Grab. Mehrere Herzschläge lang starrte sie die Kiste an. In ihrem Bauch bildete sich ein Knoten und sie spürte aufsteigende Tränen.

»Leb wohl, Baron«, flüsterte sie. Wie sie es schon in Filmen gesehen hatte, nahm sie eine Handvoll Erde und warf sie auf das Kistchen. »Du warst mein bester und einziger Freund.« Dann stand Melina auf und schaufelte das Loch zu. Die ganze Zeit über weinte sie bitterlich.

Am Ende steckte sie ein kleines Holzkreuz, das ihr Vater gebastelt hatte, in die noch lockere Erde.

Müde setzte sie sich auf den Stein und trank den restlichen Tee. Während die Tränen auf ihren Wangen trockneten, blickte sie hinüber zum Wald. Zwischen den Bäumen nahm sie eine Bewegung wahr. Langsam ließ sie, ohne den Blick abzuwenden, die Thermoskanne sinken. Eine dunkle Gestalt schälte sich aus dem Schatten der Bäume.

Melina hielt gespannt den Atem an, während ihr Herz schnell und hart schlug.

Sie blinzelte, um sich zu vergewissern, dass ihre Augen ihr keinen Streich spielten.

Die Gestalt betrat die Wiese und verharrte, als sie das Mädchen erblickte.

Es war ein Junge mit bleichem Gesicht, ganz in Schwarz gekleidet, erkannte Melina überrascht. Sie hob ihre Hand und winkte.

Wie ein erschrockenes Reh starrte er sie an. Erneut winkte sie, der Junge neigte neugierig den Kopf zur Seite, verschwand dann aber hastig wieder zwischen den Bäumen.

Nachdenklich krauste Melina die Stirn.

Sie hatte den Jungen noch nie zuvor gesehen. Woher er wohl kam? Der Wald erstreckte sich über sehr viele Hektar, hatte der Vater einmal erklärt. Das nächste Dorf war weit entfernt, deswegen war es gefährlich, allein in den Wald zu gehen. Wenn sie sich verlaufen würde – so der Vater –, konnte sie tagelang darin herumirren, ohne wieder hinauszufinden, und im schlimmsten Fall sogar verhungern oder verdursten. Was war also mit dem Jungen? Er war etwas dünn und blass gewesen.

Langsam und sehr nachdenklich machte sich Melina auf den Rückweg. Sie sah immer wieder den Jungen vor sich, dem etwas Geheimnisvolles anhaftete. Sie fragte sich, was seine Geschichte war, wie er wohl hieß …

So in Gedanken versunken bemerkte sie nicht, dass sie bereits den Garten erreicht hatte und somit auch ihre Mutter, die gerade aus dem kleinen Schuppen kam, in dem sie alles Mögliche an Utensilien aufbewahrte.

»Melina?«, rief sie.

Erschrocken zuckte das Mädchen zusammen.

Die Mutter lachte amüsiert auf. »So nachdenklich, mein Kind. Konntest du Baron beerdigen?«

Melina nickte. Bereits bei der Erwähnung des Namens ihres Katers fühlte sie wieder die Tränen aufsteigen.

»Komm her, Kleines.« Die Mutter ging in die Knie und streckte ihre Arme aus. Dankbar ließ Melina sich hineinfallen.

»Er fehlt mir so sehr«, weinte sie an die Schulter der Mutter.

Zärtlich streichelte Ella über das dunkle Haar ihrer Tochter. »Er fehlt mir auch, Liebes.«

Melina lag schon eine ganze Weile im Bett. Der Mond schien durch ihr Fenster. Immer wenn er die Form einer silbernen Kugel hatte, konnte sie nicht schlafen. Sie schloss die Augen, aber es war, als würde er sie mit seinem Licht jedes Mal wach küssen. Selbst wenn sie die Vorhänge schloss, schien sein Schimmer hindurchzugelangen.

Melina blickte zum Fußende ihres Bettes, wo normalerweise Baron geschlafen hatte. Seinen Platz leer zu sehen, versetzte ihrem Herzen einen Stich.

Sie schob die Bettdecke nach unten und stand auf. Von ihrem Zimmerfenster aus konnte sie zum Fluss und zum Wald sehen. Dem Wald, aus dem der Junge gekommen war.

Melina stützte ihre Ellbogen auf das Fensterbrett und bettete ihren Kopf in die Hände.

Bei Nacht wirkten die Bäume des Waldes bedrohlich. Dunkle Gestalten, die stramm wie Soldaten standen und zu warten schienen – nur worauf? Vielleicht auch auf den Jungen? So wie Melina gerade jetzt, obwohl es lächerlich war? Denn ein Junge durfte ganz sicherlich nicht nachts allein draußen herumstreifen. Wie um ihre Gedanken Lügen zu strafen, ließ ein sich bewegender Schatten Melina zusammenzucken. Ein kleiner Schatten, in ihrer Größe etwa, stand an der Stelle, wo sie heute Nachmittag Baron vergraben hatte.

Melina hielt den Atem an, als die Gestalt – sie war sich sicher, dass es der Junge war – vor dem Grab in die Hocke ging.

Er streckte seinen Arm aus und berührte das Kreuz. Seine Geste glich der eines Blinden, der einen Gegenstand abtastete.

Dann sah er plötzlich auf. Der Mond schien auf sein bleiches Gesicht und bestätigte Melina ihren Verdacht – es war der Junge vom Nachmittag. Er wirkte im fahlen Mondschein noch blasser als im Sonnenlicht, fast schon durchsichtig.

Melina war unsicher, aber sie glaubte, er würde sie direkt anschauen. Wie erstarrt stand sie da. Schließlich hob sie ihre Hand und winkte, auf den Lippen ein Lächeln.

Die Schultern des Jungen strafften sich. Auf seinem Gesicht machte sich ein schuldbewusster Ausdruck des breit, als sei er bei etwas ertappt worden. Kurz verharrte er in seiner reglosen Haltung, dann wandte er sich ab und rannte zum Fluss. Leichtfüßig hüpfte er von einem Stein zum anderen, bis er die Uferseite des Waldes erreicht hatte, dann verschwand er zwischen den Bäumen.

»Wer bist du?«, hauchte Melina. Langsam bewegte sie sich vom Fenster weg zurück in ihr Bett. Zuerst dachte sie, sie könnte nach diesem Erlebnis erst recht nicht einschlafen, weil sie so aufgeregt war, aber dann wurden ihre Lider doch schwer. Obwohl sie noch über den Jungen nachdenken wollte, drifteten ihre Gedanken weg, wurden ausgeknipst wie das Licht einer Lampe, und sanfte Dunkelheit umfing Melina.

3

Windröschen

*W*arme Sonnenstrahlen streichelten Melina wach. Blinzelnd öffnete sie ihre Augen. Einen Moment lang blieb sie ruhig liegen und ließ ihr Gesicht von den Sonnenstrahlen küssen, bis ihr das Erlebnis der letzten Nacht wieder in den Sinn kam. Der blasse Junge, der vor Barons Grab gekauert und das Kreuz berührt hatte.

Melina schwang ihre Beine aus dem Bett und eilte zum Fenster. Ein Teil von ihr wusste, dass es sehr unwahrscheinlich war, den Jungen dort zu sehen, und trotzdem wollte sie sich vergewissern. Er war nicht da. Enttäuschung überkam sie.

»Melina?«

Überrascht zuckte sie zusammen und drehte sich zu ihrer Mutter um, die im Türrahmen stand.

»Tut mir leid, ich wollte dich nicht erschrecken.« Sie lächelte. Wenn ihre Mutter lächelte – so fand Melina – sah sie aus wie eine Prinzessin. Na ja, eine etwas in die Jahre gekommene Prinzessin. Ihre Mutter war bereits Mitte vierzig, aber immer noch sehr hübsch mit ihren langen schwarzen Locken, die bis zu ihren Hüften reichten. Melina hatte diese von ihr geerbt.

Alle sagten immer, dass Melina ihrer Mutter glich. Sie zuckte dann stets mit den Schultern. Es war seltsam, äußerlich mit einem anderen Menschen verglichen, ja, fast gleichgestellt zu werden.

»Kommst du frühstücken?« Melina nickte und folgte ihrer Mutter die Stufen hinunter in die Küche.

Ihr Vater saß bereits am Tisch und trank Kaffee. Als seine Tochter eintrat, begrüßte er sie.

»Hallo, Paps.« Melina nahm ihren üblichen Platz auf der Eckbank ein.

»Brot?«, fragte Ella und streckte ihr den Korb hin. Melina griff beherzt zu.

»Na, was wollen wir heute unternehmen?«, fragte der Vater mit einem Lächeln auf den Lippen.

»Ach ...«, begann das Mädchen zögerlich und fing an, die Scheibe Brot zu zerpflücken. »Ich weiß nicht so recht.« Was gelogen war, denn seit sie den Jungen gestern Nacht gesehen hatte, wusste Melina haargenau, was sie wollte. Sie getraute sich lediglich nicht, den Wunsch ihren Eltern gegenüber zu äußern. Sie wusste, dass die beiden dagegen sein würden. Wenn es um den Wald ging, waren Mutter und Vater unnachgiebig. Gerade so, als würde dort der böse Wolf aus Grimms Märchen lauern.

»Na komm, du hast doch eine Idee in deinem Köpfchen.« Ihr Vater hatte sie durchschaut. Was eigentlich auch nicht sonderlich schwer war, weil Melina sich keine große Mühe gab, sich zu verstellen. Sie hatte noch immer die Hoffnung, sie könnte ihre Eltern vielleicht doch überzeugen. Schließlich hatte sie erst gestern ihren geliebten Kater Baron begraben müssen, und außerdem war die letzte Woche der Frühlingsferien angebrochen.

Melina ließ das Stück Brot oder besser gesagt das, was

davon noch übrig war, auf den Teller fallen. »Der Wald.«
Sie sah ihren Vater an. Die Worte waren deutlich und
klar über ihre Lippen gekommen.

Der Vater seufzte. »Das hatten wir doch schon, Kleines.«

»Na und?«, rief Melina trotzig aus. »Es ist doch nur
ein Wald. Alle in der Schule waren schon dort. Es soll
schöne Grillstellen geben und –«

»Nein!« Ein Wort, schneidend wie ein Messer, unterbrach Melinas Ausbruch. Ella blickte ihre Tochter verärgert an.

»Aber –«, setzte das Mädchen an, wurde jedoch gleich
wieder von der Mutter mit einem erneuten energischen
Nein unterbrochen.

Melinas Mund klappte klackend zu, als die unteren
und oberen Zahnreihen aufeinanderschlugen.

»Der Wald ist tabu. Das weißt du genau. Wir können
ins Kino gehen, in die Bibliothek, ins Hallenbad, in den
Zoo, auf den Spielplatz. Alles, nur nicht in den Wald.«

Melina hätte unter normalen Umständen vielleicht
widersprochen, aber sie sah in den grünen Augen ihrer
Mutter etwas aufblitzen, das nach Angst aussah. Nackter Angst.

Es schien offensichtlich zu sein, dass ihre Mutter sich vor
dem Wald fürchtete. Aus welchem Grund auch immer.
Möglicherweise hat sie in ihrer Kindheit ein schlechtes Erlebnis gehabt?, überlegte Melina. Erst wollte sie fragen,
aber dann besann sie sich eines Besseren und murrte: »Na
schön, dann machen wir halt etwas anderes.«

Wärme fand ihren Weg zurück in die Augen der Mutter, als sie sagte: »Schön. Also worauf hast du Lust?«

»Mir egal.« Melina begann die eine Hälfte des Brotes mit Butter zu drangsalieren. Bestreichen wäre ein zu sanftes Wort gewesen für die Hiebe, mit denen sie die Butter auf das Brot klatschte.

»Zoo«, bestimmte der Vater. »Es ist ein schöner Tag. Zu schön, um drinnen zu sein.« Die Fröhlichkeit in seiner Stimme war etwas aufgesetzt. *Too much*, wie Frenk sagen würde, der mit ihr in die Klasse ging und dessen Eltern zu Hause Englisch und Französisch mit ihm sprachen. Das Ergebnis war, dass sich Frenk in drei Sprachen ausdrückte und das am liebsten innerhalb eines Satzes, sehr zur Verzweiflung der Lehrer.

»Deutsch, mein Junge, rede Deutsch«, pflegte Herr Schneider zu sagen, während die ganze Klasse grölte und Frenk selbst breit grinste und gleichzeitig errötete.

»Meinetwegen«, murrte Melina.

Der Tag im Zoo wurde dann doch schön, obwohl Melina enttäuscht war, dass ihre Bitte nach einem Ausflug in den Wald nicht erfüllt worden war. Allerdings hatten noch andere Familien an diesem Tag den gleichen Einfall gehabt. Der Zoo schien fast aus den Nähten zu platzen.

»Nächstes Mal gehen wir bei Regen«, scherzte der Vater und erntete von Tochter und Mutter einen Blick, der sagte: *Ganz sicher nicht!*

Sogar Klassenkameraden von Melina waren im Zoo, die sie jedoch nicht beachteten. Nur Frenk winkte überschwänglich und rief: »Hallo, Melina, what a nice day, n'est-ce pas?«

Und ehe das Mädchen etwas erwidern konnte, war

er mit seinen Eltern auch schon vorbeigegangen und gerade außer Hörweite, als Vater und Mutter losprusteten.

»Was war das denn?«, gluckste Ella.

»Frenk. Ich habe euch doch schon von ihm erzählt.«

»Und ich dachte immer, du übertreibst.« Der Vater zwinkerte Melina zu.

»Tue ich nie«, sagte Melina und kicherte. »Er ist wirklich so, habt ihr ja jetzt selbst gesehen – also gehört.«

Das Beste an einem Zoo- oder auch einem Kinobesuch war, dass Melina in den Genuss von Süßem kam. Ihre Mutter war sehr streng in diesen Belangen, aber nicht bei Ausflügen. Da durfte auch mal ungesund gegessen werden. Und so kam es dazu, dass Melina einen Hot Dog verschlingen und Eiscreme essen durfte.

Als sie am späteren Nachmittag nach Hause zurückkehrten, ging die Mutter in die Küche, um das Abendessen zu kochen, und der Vater verzog sich in sein Arbeitszimmer.

»Ich gehe zu Barons Grab«, verkündete Melina und rannte schon Richtung Tür, als ihre Mutter ihr nachrief: »Aber nicht zu lange. In einer halben Stunde bin ich fertig mit Kochen und du sollst mir helfen, den Tisch zu decken.«

»Jaja.« Mit diesen Worten stieß das Mädchen die Glastür auf, rannte durch den Garten zur Wiese und hinab zum Grab.

Mit pochendem Herzen hielt sie davor an.

An dem kleinen Holzkreuz hing eine hübsche, blaue Blume mit einem gelben Herz. Melina ging in die

Hocke. Zaghaft berührte sie das filigrane Pflänzchen mit den Fingerspitzen, so als würde sie befürchten, es könnte zu Staub zerfallen.

»Woher hast du die Blume?«

Erschrocken zuckte Melina zusammen. »Ich … Ich … Keine Ahnung«, stammelte sie.

Ihr Vater stand da, die Hände in die Hüften gestemmt. Die rechte Augenbraue fragend hochgezogen.

»Das war nicht ich.« Melina fühlte sich, als hätte ihr Vater sie beim Stehlen erwischt. Dabei hatte sie ja gar nichts gemacht. »Warum bist du verärgert?«, fragte Melina. »Es ist doch nur eine Blume …«

»Eine Waldblume«, erwiderte ihr Vater harsch, und sanfter fügte er an: »Ich bin dir nicht böse. Ich bin nur überrascht, wie die Blume hierhergekommen ist.«

Melina zuckte mit den Schultern. »Ich war nicht im Wald.«

Leonhard lächelte. »Gut.« Er legte seiner Tochter einen Arm um die Schulter. »Deine Mutter ist mit dem Abendessen schon fertig.«

Melina warf einen letzten Blick auf die zarte, blaue Blüte. »Wie heißt die Blume?«, fragte sie ihren Vater.

»Windröschen. Gefällt sie dir?«

Das Mädchen nickte.

Als Melina im Bett lag, dachte sie darüber nach, warum sie ihrem Vater nichts von dem Jungen erzählt hatte.

Vielleicht, weil ich auch meine Geheimnisse haben will, so wie Mama und er, dachte sie trotzig und schloss ihre Augen. Ihre Gedanken schickten das Bild des bleichen Jungen an ihr inneres Auge, und bevor der Schlaf mit seinen warmen, sanften Händen nach ihr griff, dachte sie noch: *Ob er heute Nacht wiederkommt?*

Stunden später, als die Leuchtziffern des Weckers bereits nach Mitternacht anzeigten, erwachte Melina. Hellwach lag sie in ihrem Bett. Ein Impuls ließ sie aufstehen und zum Fenster gehen. Und da war er! Melina sog erschrocken den Atem ein. Der Junge stand im Garten. Wie ein verlorenes Rehkitz wandte er seinen Kopf von rechts nach links und wieder zurück. Dann plötzlich sah er hoch, direkt zu Melina. Ihr Herz wummerte hart und schnell.

Der Junge starrte sie aus weit aufgerissenen Augen an.

Melina hob ihre Hand und winkte. Daraufhin entspannte er sich ein wenig und winkte zurück. Doch als Melina lächelte, drehte er sich blitzschnell ab und rannte aus dem Garten und über die Wiese. Kurz vor dem Fluss wurde er noch schneller. Melina hielt den Atem an, als er absprang, und atmete erleichtert aus, als er das andere Ufer sicher erreichte. Nun war er nichts weiter als ein schwarzer Punkt, der sogleich mit dem Dunkel des Waldes verschmolz.

Mehr denn je wünschte sie sich, sie dürfte in den Wald gehen. Sie wollte den Jungen treffen, mit ihm sprechen. Warum, wusste sie nicht, aber in ihrem Inneren verzehrte sich etwas danach. Was das war, konnte sie nicht genau sagen. Sie vermutete, dass der Grund darin lag, dass er aus dem Wald kam und sie selbst noch nie dort gewesen war. Sie wollte, dass er ihr von den Bäumen, den Tieren erzählte und den Geheimnissen des Waldes. Sie wünschte es sich so sehr.

4

Nächtliche Abenteuer

*M*elina verbrachte den Morgen an ihrem Schreibtisch sitzend. Vor sich ein Blatt Papier und jede Menge Buntstifte. Unschlüssig starrte sie die Stifte an, während ihre Gedanken zu dem Jungen wanderten. Der Moment, als er zu ihrem Fenster hochgeblickt hatte, hatte sich in ihr Gedächtnis eingebrannt. Melina griff nach dem blauen Farbstift und zeichnete Kreise auf das Papier. Sie hatte keine Ahnung, was sie malen wollte. Es spielte auch keine Rolle. Wichtiger war, einen Weg zu finden, den Jungen zu treffen. Sie hielt im Zeichnen inne, um zum Fenster zu blicken – ein möglicher Weg, sich heimlich davonzuschleichen? Mit dem Stift in der Hand ging sie hinüber zum Fenster. Sie könnte über das Dach hinuntersteigen, aber dafür hatte sie zu große Angst vor der Höhe und der Gefahr abzurutschen. Mit einem Seufzer wandte Melina sich ab und kehrte zum Schreibtisch zurück, um den blauen Kreisen auf dem Papier weitere Kringel, aber dieses Mal in Grün, hinzuzufügen. Es gab nur eine Möglichkeit, das Haus auf sicherem Weg zu verlassen, und das war die Tür unten! Möglicherweise auch der einfachste. Sie musste lediglich sehr, sehr leise sein, um die Eltern nicht zu wecken, aber das sollte sie eigentlich schaffen. Der Schlüssel steckte immer im Schloss. Sollte sie allerdings erwischt werden, würde es mit Sicherheit großen Ärger geben, aber Melina fand es das Risiko wert.

Ein Ferienabenteuer, dachte sie und lächelte.

Die restlichen Stunden des Tages vergingen zähflüssig wie Melasse, obwohl ihre Eltern mit ihr in die Stadt fuhren, um ein paar neue Kleidungsstücke zu kaufen. Im Kopf fertigte Melina eine Liste der Dinge an, die sie für ihr nächtliches Abenteuer benötigte: Taschenlampe, warme Kleidung anziehen, vielleicht noch etwas zum Naschen einstecken – Liste fertig.

Melina war zufrieden. Jetzt musste es nur noch Nacht werden.

Doch viel später, als sie im Bett war, schien die Zeit noch langsamer zu verstreichen. Sie lag auf dem Rücken und starrte die Decke an, während sie angespannt den Geräuschen ihrer Eltern lauschte, die an diesem Abend überhaupt nicht schlafen gehen wollten, wie es schien.

Gegen Mitternacht hörte Melina endlich die ersehnten Schritte vor ihrer Schlafzimmertür. Schnell schloss sie die Augen, nur für den Fall – und tatsächlich wurde die Tür geöffnet.

»Weißt du noch, wie wir ihr früher beim Schlafen zugesehen haben?«, flüsterte die Mutter.

Ein leises Lachen vom Vater. »Wir könnten uns Stühle nehmen und uns an ihr Bett setzen wie früher.«

Bloß nicht!, schrie Melina innerlich entsetzt auf.

Ella kicherte wie ein Schulmädchen. »Dafür ist sie inzwischen zu alt.«

»Ach was, sie ist immer noch unser kleines Mädchen, und so wird es auch bleiben, egal wie alt sie ist.«

Geht doch endlich schlafen! Melina fiel es zunehmend schwerer, einen entspannten, schlafenden Gesichtsausdruck vorzugaukeln. Umso erleichterter war sie, als sie hörte, wie die Tür endlich zugezogen wurde. Wenig später kehrte Stille im Haus ein. Tapfer harrte Melina eine weitere Stunde aus, ehe sie die Bettdecke zurückschlug und sich im Schein des Mondes ankleidete. Sie nahm die Taschenlampe und die Kinderschokolade, die sie am Nachmittag aus der Küche stibitzt hatte, aus der Schublade ihres Nachttisches.

Als sie die Zimmertür vorsichtig öffnete, schlug ihr Herz bis zum Hals. Auf leisen Sohlen bewegte sie sich den Flur entlang bis zur Treppe, die nach unten führte. An der obersten Stufe hielt sie kurz inne, um zu lauschen. Es war so ruhig, dass sie außer ihrem eigenen Atem nichts hörte. Vorsichtig stieg sie eine Stufe nach der anderen hinunter, bis sie das Ende erreichte.

Erneut wartete sie einen Moment.

Stille.

Melina setzte ihren Weg fort, zog bei der Haustür Turnschuhe und Jacke an. Der Schlüsselbund ihres Vaters steckte im Schloss. Ausgerechnet seiner, an dem eine ganze Ansammlung von Schlüsseln und Anhängern hing. Alles Dinge, die bei der kleinsten Berührung klirrten. Melina klemmte konzentriert ihre Zunge zwischen die Lippen. Sie hielt den Atem an, als sie mit der linken Hand nach den herunterhängenden Schlüsseln und Anhängern griff. Schützend umschloss sie diese mit ihrer Faust. Prompt erklang ein Rasseln. Ein Rasseln, das erschreckend laut war in ihren Ohren und sie zur Salzsäule erstarren ließ. Eine gefühlte

Ewigkeit stand sie da, horchte, aber niemand schien das Geräusch gehört zu haben. Also drehte sie mit der rechten Hand den Schlüssel um, was ein bisschen umständlich war, weil sie mit der anderen Hand folgen musste. Ihre Handflächen wurden feucht. Sachte zog sie schließlich den Schlüssel aus dem Schloss und öffnete die Tür. Kühle Nachtluft umfing sie, als sie hinaustrat. Schnell zog sie die Haustür wieder zu. Dabei blitzte ein unliebsamer Gedanke in ihr auf: Was, wenn der Junge nicht kam? Melina schüttelte den Kopf, um die Überlegung so schnell wie möglich loszuwerden. Daran wollte sie nicht denken. Außerdem war es so oder so ein Abenteuer, nachts nach draußen zu gehen. Sie steckte den Schlüssel ein und machte sich auf den Weg Richtung Barons Grab. Auf halber Strecke blieb sie abrupt stehen, weil sie den Jungen entdeckte. Er saß auf dem Stein. Sein bleiches Gesicht wurde vom Mond beschienen und verlieh ihm etwas Geisterhaftes. Allerdings wurde dieser Eindruck rasch weggewischt von seinem entsetzten Gesichtsausdruck, als er Melina erblickte. Der Junge erhob sich. Der entsetzte Ausdruck verschwand, um Neugierde Platz zu machen. Melina lächelte scheu. Vorsichtig machte sie einen Schritt nach vorne. Der Junge blieb, also ging sie langsam weiter, bis sie nur noch wenige Meter von ihm trennten.

»Hallo«, sagte sie leise.

Der Junge trat unsicher von einem Bein aufs andere.

»Ich heiße Melina.«

Der Junge lächelte. Melina mochte dieses Lächeln sofort. Ein Lächeln, das sich in den dunklen Augen widerspiegelte und in ihr etwas berührte.

»Wie heißt du?«

Der Junge schwieg. Seine Mundwinkel zuckten. Schließlich deutete er auf seine Lippen und schüttelte unglücklich den Kopf.

Melina zog nachdenklich die Augenbrauen zusammen. Er wiederholte die Geste und zeigte auch noch auf seinen Hals. Nun verstand Melina. »Du kannst nicht sprechen …«

Eifriges Nicken.

»Schade, ich habe nichts zu schreiben dabei.«

Der Junge zog das Innenfutter seiner Hosentasche heraus.

»Du auch nicht.« Melina kicherte.

Der Junge grinste verlegen, dann deutete er auf das Kreuz und sah Melina fragend an.

»Mein Kater Baron ist gestorben«, beantwortete Melina seine stumme Frage und fügte mit gesenktem Blick an: »Er fehlt mir sehr.«

Der Junge ergriff ihre Hand. Sanft drückte er sie. Seine Haut war kalt, sehr kalt. Das Mädchen sah ihn überrascht an und fröstelte. Sofort ließ er ihre Hand los und gestikulierte entschuldigend.

»Schon in Ordnung«, versicherte Melina. »Ist dir kalt? Oder wieso ist deine Hand so kühl?«

Der Junge machte eine Abfolge von Handbewegungen, die sie jedoch nicht deuten konnte. Als er merkte, dass sie ihn nicht verstand, zupfte er frustriert an seiner Unterlippe, ehe er auf das Grab von Baron deutete und dann auf sich.

»Du bist tot?«

Der Junge bewegte seine Hand von links nach rechts.

»Nicht? Oder nicht so wirklich?« Bei Letzterem nickte der Junge.

»Bist du so was wie ein Vampir?«

Er lachte. Es war ein seltsames Lachen, so ohne Ton – nein, ganz ohne Ton stimmte nicht. Er gab leise Geräusche von sich, die Melina mit nichts vergleichen konnte, das sie jemals gehört hatte. Dabei schüttelte er den Kopf.

Melina atmete auf.

»Ein Geist bist du aber auch nicht. Schließlich hast du mich vorhin angefasst«, überlegte Melina laut.

Kopfschütteln.

»Mmh … Ist ja eigentlich auch egal«, brummte Melina. »Wohnst du im Wald?«

Er nickte.

»Echt?«

Er nickte erneut.

»Ganz allein?«

Der Junge presste seine Lippen zu einer schmalen Linie zusammen. Melina begriff, dass er sich dazu wohl nicht äußern wollte. Also hakte sie nicht nach, obwohl sie so gerne mehr darüber erfahren hätte.

Melina schielte verstohlen zu ihm hinüber. Er war sehr hübsch mit seinem längeren Haar, das etwas zerzaust war. Seine dunklen Augen waren mandelförmig, darüber zeichneten sich breite Augenbrauen mit scharfen Kanten ab. Die Jochbeine waren markant. Melina vermutete, dass seine Mutter oder sein Vater aus einem asiatischen Land stammte. Dadurch wirkte er nicht nur geheimnisvoll, sondern auch orientalisch. Das spitz zulaufende Kinn verlieh ihm gleichzeitig etwas Verwegenes. Wenn sie doch bloß seinen Namen wüsste!

Auf einmal kam ihr eine Idee. Eine ziemlich clevere, wie sie fand.

»Ich weiß, wie du mir deinen Namen sagen kannst«, rief sie aufgeregt.

Die Augenbrauen des Jungen schnellten in die Höhe. Sein sinnlicher Mund verzog sich zu einem hoffnungsvollen Lächeln.

»Ich sage die Buchstaben des Alphabets auf und du gibst mir ein Zeichen. Zum Beispiel dieses, wenn der Buchstabe zu deinem Namen gehört.« Sie streckte den Daumen in die Höhe.

Der Junge nickte begeistert.

Melina lächelte glücklich, als er bereits bei »A« den Daumen nach oben hielt.

»Dein Name fängt also mit einem A an?«

Er bestätigte es.

»Gut. Dann kommen wir jetzt zum zweiten Buchstaben.« Melina begann erneut, das Alphabet aufzusagen. Nach vier weiteren Durchgängen war es geschafft.

»Alexis?«, sprach Melina den Namen aus und der Junge hob beide Daumen in die Höhe und lächelte.

»Das passt.« Sie grinste. »Ein schöner Name.«

Der Junge senkte errötend den Kopf und auch Melina wurde sogleich etwas verlegen, obwohl sie selbst gar nicht so genau wusste, warum. Stille senkte sich zwischen die beiden, aber es war eine angenehme Ruhe.

Melina sah zum Himmel empor. Über ihr erstreckte sich das samtige Schwarz der Nacht, das durchwoben war mit hellen Sternen und einem satten Mond. Der Ruf eines Käuzchens erklang.

Melina richtete ihren Blick auf Alexis, der sie scheu anlächelte.

»Ich habe mich aus dem Haus geschlichen«, gestand sie ihm. »Meine Eltern würden sehr sauer sein, wenn sie wüssten, dass ich nicht im Bett liege.«

Alexis blinzelte fragend.

»Warum ich aus dem Haus geschlichen bin?«

Er nickte.

Melina sah auf ihre Hände hinunter und hakte die Finger ineinander. »Na ja, ich habe dich jetzt schon ein paarmal gesehen und wollte mit dir reden.«

Ein weiterer fragender Blick.

»Ich habe nicht so viele Freunde. Eigentlich keine, jetzt, wo Baron tot ist.«

Ungläubig sah Alexis sie an.

»Doch, wirklich«, bekräftigte Melina ihre vorangegangenen Worte.

Alexis fuchtelte mit den Händen in der Luft – er schien etwas zu zeichnen, was Melina jedoch nicht verstand. Mit gekrauster Stirn stand sie da. Er verharrte nachdenklich in seiner Ausführung, ehe er lächelte und erst auf Melina zeigte und dann auf ihre Brust, um genauer zu sein auf die Stelle, unter der ihr Herz schlug. Sein Finger berührte fast den Stoff ihres Pullovers.

»Herz?«

Er nickte und deutete wieder auf sie.

»Ich?«

Erneutes Nicken.

»Mein Herz und ich?« Melina knabberte auf ihrer Unterlippe, während sie versuchte herauszufinden, was er damit meinte. Sie kam nicht darauf, also schlug sie ihm wieder das Buchstabier-Spiel vor. Alexis war einverstanden.

Dieses Mal dauerte es etwas länger und Melina musste sich sehr konzentrieren, um nicht durcheinanderzugeraten. »Ich habe ein gutes Herz?«

Alexis signalisierte ein Ja.

»Aber du kennst mich doch gar nicht.«

Der Junge lächelte scheu, ehe er auf sich deutete und dann mit Bestimmtheit auf seine Augen.

»Du siehst so was?«

Er hob den Daumen in die Höhe, zufrieden grinsend und mit geröteten Wangen.

Melina scharrte verlegen mit dem rechten Fuß. »Ach«, murmelte sie.

Alexis sah hinüber Richtung Wald.

»Musst du nach Hause?«, fragte Melina.

Der Junge schüttelte lachend den Kopf.

»Wie alt bist du eigentlich?«

Ein Zischlaut entwich Alexis' Lippen, als er die Luft aus seinen aufgeblasenen Wangen ausstieß und er dazu ratlos die Schultern hob.

»Du weißt es nicht?«

Er warf seine Hände in die Höhe, senkte sie, hielt sie wieder hoch, senkte sie erneut und wiederholte die Bewegung, bis Melina fast schon schwindelig wurde, dann machte er eine wegwerfende Geste.

»Viele, viele Jahre, du hast aufgehört zu zählen?«, interpretierte Melina.

Alexis nickte.

Plötzlich machte sich Müdigkeit bei dem Mädchen bemerkbar. Sie gähnte hinter vorgehaltener Hand.

Alexis rieb sich die Augen und deutete auf Melina.

»Ja, ich bin etwas müde«, gestand sie. »Ich sollte wahrscheinlich besser nach Hause gehen. Nicht, dass meine Eltern noch merken, dass ich weg bin.«

Alexis schaute enttäuscht.

»Möchtest du …« Sie brach ab, benetzte die Lippen, ehe sie fortfuhr: »Möchtest du mein Freund sein?«

Ein Lächeln ließ sein Gesicht erstrahlen, sodass Melina vorschlug: »Treffen wir uns bald wieder?«

Entschiedenes Nicken war die Antwort.

»Könnten wir uns am Tag sehen?«

Alexis bewegte seine Hand hin und her.

»Vielleicht? Du kannst es nicht mit Sicherheit sagen.«

Er hob den Daumen.

»Schade. Wäre nachts besser?«

Wieder die wiegende Handbewegung.

»Das wird aber eine schwierige Freundschaft, wenn du mir nicht sagen kannst, wann wir uns treffen können.«

Bedrückt verlagerte Alexis sein Gewicht von einem Bein aufs andere.

»So lang ich Ferien habe, kann ich nachts aufstehen und aus dem Fenster blicken, um zu sehen, ob du da bist, aber wenn die Schule wieder anfängt, kann ich das nicht. Dann bin ich zu müde und am Ende fällt das meinen Eltern auf.«

Alexis' dunkle Augen wurden noch dunkler, seine Mundwinkel machten einen Sinkflug. Gleichzeitig zeichneten sich auf seiner Stirn Nachdenkfalten ab.

»Am Tag könnte ich, auch wenn ich wieder Schule habe, immer um fünf Uhr an Barons Grab kommen. Wenn du da bist, freue ich mich, und wenn nicht, dann freue ich mich auf das nächste Mal. Was hältst du davon?«

Alexis' Mundwinkel schnellten nach oben sowie beide Daumen.

Melina streckte ihm die Hand entgegen: »Abgemacht?« Er nickte, bevor er ihre Hand ergriff.

»Ich muss wieder zurück ins Haus«, sagte Melina. Es fiel ihr jedoch schwer, den Jungen zu verlassen. Sie mochte ihn sehr, obwohl sie sich gerade erst kennengelernt hatten. Sie fand sein Lächeln herzerwärmend, sein Aussehen interessant und geheimnisvoll. Sie wollte mehr über ihn erfahren, und vielleicht hatte sie nun einen Begleiter für einen Ausflug in den Wald.

Schließlich gelang ihr dann doch noch der Abschied, und sie kehrte zurück nach Hause und in ihr warmes Bett.

5

Warten

*D*ie Tage verstrichen, ohne dass Alexis am Grab von Baron auftauchte. Melina saß stundenlang auf dem Stein, zeichnete in ihr mitgebrachtes Heft oder las. Die Frühlingssonne schien warm vom Himmel, trotzdem brauchte Melina eine Jacke, um so lange ausharren zu können. Als sie an einem späten Nachmittag etwas müde vom langen Lesen und der Enttäuschung über Alexis' Fernbleiben wieder ins Haus zurückkehrte, wurde sie bereits von Mutter und Vater erwartet. Schulter an Schulter standen sie im Wohnzimmer vor dem Schiebefenster, das in den Garten führte und immer einen Spaltbreit offen stand, damit Melina rein und raus konnte.

Überrascht blickte das Mädchen die Eltern an. Gerade als sie an den beiden vorbei wollte, räusperte sich ihr Vater. »Melina, setz dich.«

Das Mädchen blieb stehen und drehte sich langsam mit einem fragenden Gesichtsausdruck um.

»Setz dich«, wiederholte Leonhard und deutete mit ausgestreckter Hand auf das Sofa.

Verunsichert folgte Melina der Aufforderung, während ihre Eltern sich ihr gegenüber auf dem anderen Sofa niederließen. Beide blickten ihre Tochter mit einer beunruhigenden Besorgnis an, die sich wie ein Gewicht an Melinas Herz hängte. Ein grauenhafter Gedanke nahm in ihrem Kopf Form an: *Meine Eltern wollen sich scheiden lassen.*

Das taten viele. Bei den Mitschülern in ihrer Klasse war sicherlich die Hälfte der Eltern geschieden. *Du kriegst doppelt so viele Geschenke,* säuselte eine Stimme in ihrem Unterbewusstsein, die sie sofort mit einem harschen: *Das will ich gar nicht!,* zum Schweigen brachte.

»Kleines«, begann ihre Mutter mit sanfter Stimme. Sofort versteifte sich Melinas Rücken. Sie presste ihre Lippen fest zusammen und hielt den Atem an, um sich gegen das Wort *Scheidung* zu wappnen.

»Dein Vater und ich verstehen, dass du um Baron trauerst«, fuhr ihre Mutter fort. »Wir sind aber der Meinung, du solltest nicht jeden Tag an seinem Grab sitzen. Das tut dir nicht gut.«

Melina sah von ihrer Mutter zum Vater und wieder zurück. Ihr Rücken entspannte sich etwas.

»Du solltest mit anderen Kindern spielen«, warf Leonhard ein.

»Aber ich …« *Ich warte auf Alexis,* wollte Melina erwidern, besann sich aber eines Besseren. Etwas sagte ihr, dass es klüger war, mit ihren Eltern nicht über Alexis zu sprechen.

Stattdessen stammelte sie: »Aber … ich … Ich habe keine anderen Freunde.« Was stimmte.

»Du hast doch nächste Woche Geburtstag. Was hältst du davon, wenn wir deine Klassenkameraden einladen?«

Sofort verkrampfte sich Melinas Rücken wieder. Als sie sprach, fühlte sich ihr Mund an, als hätte ihn jemand mit Sandpapier ausgerieben. »Ich weiß nicht, ob das eine gute Idee ist.«

»Weshalb?«, fragte ihre Mutter, den Kopf leicht zur Seite geneigt.

Melina blickte auf ihre Hände hinunter, die sie zwischen ihren Knien eingeklemmt hatte. »Vielleicht kommt ja niemand«, murmelte sie.

»Warum denkst du das?« Die Frage kam von ihrem Vater.

Melina zuckte mit den Schultern. Sie wollte nicht über die Sache mit der Zeichnung reden und die regenbogenfarbenen Tropfen. Ihre Eltern würden sich nur wieder aufregen, und sie selbst würde sich erneut – mehr denn je – bewusst werden, dass irgendetwas mit ihr nicht stimmte.

»Die werden schon kommen«, meinte ihr Vater zuversichtlich und ihre Mutter sagte: »Du machst dir unnötig Sorgen. Frenk, dieser Junge, den wir letztens im Zoo gesehen haben, schien sich doch zu freuen, dich zu sehen.«

Melina seufzte. »Frenk ist halt so.«

»Wie?«

»Fröhlich. Der freut sich auch über Hundescheiße am Boden.«

Schallend brach ihr Vater in Gelächter aus und auch ihre Mutter stimmte mit glockenheller Stimme in sein Lachen ein.

Einen Moment lang war Melina verdattert, ehe sie leise kicherte, weil ihr klar wurde, was sie gerade gesagt hatte.

»So gefällst du mir gleich viel besser.« Leonhard strich seiner Tochter sanft über den Kopf.

»Papa?« Melina sah auf.

»Ja?«

Melinas blaue Augen wurden dunkel wie der Himmel im Zwielicht. »Ich möchte wirklich kein Geburtstagsfest.«

Leonhard sah zu Ella und seufzte. Ella nickte sachte. »Na schön«, meinte der Vater schließlich. »Aber eine Torte nimmst du schon, oder?«

»Ja, klar.« Melina nickte eifrig.

6

Freundschaft und ein Verbot

*A*m nächsten Tag war Melina sich nicht sicher, ob sie wieder die Mühe auf sich nehmen sollte, am Fluss auf Alexis zu warten. Doch noch während des Frühstücks erwachte in ihr ein starkes Bedürfnis, es doch zu tun. Es war fast so, als würde ihr eine Stimme im Inneren zuflüstern: *Geh hin. Heute kommt er. Versprochen.* Gleichzeitig breitete sich die Gewissheit in ihr aus. Die Gewissheit, dass die Stimme in ihrem Inneren mehr wusste als sie selbst. Deshalb packte sie nach dem Frühstück ihre sieben Sachen zusammen, die aus Thermoskanne, Zeichenblock und einem Buch bestanden, und setzte sich wieder auf den Stein am Fluss. Es dauerte nicht lange und zwischen den Bäumen auf der anderen Seite tauchte eine dunkle Gestalt auf. Melina richtete sich kerzengerade auf. Sie hielt den Atem an. Ein bleiches Gesicht schaute in ihre Richtung und eine Hand, die genauso weiß war, erhob sich und winkte.

Melina lächelte und winkte zurück. Alexis eilte an das Ufer des Flusses, hüpfte behände wie eine Bergziege von einem Stein zum nächsten, bis er die andere Seite erreichte.

Melina stand auf.

»Alexis«, rief sie.

Der Junge lächelte breit, als sein Name aus ihrem Mund kam. Die letzten Meter bis zu ihr rannte er. Eine

Armeslänge vor ihr kam er zum Stehen. Er gestikulierte und gab ein paar Laute von sich. Mit gekrauster Stirn versuchte Melina, daraus schlau zu werden. Als er bedauernd den Kopf schüttelte, begriff sie, was er meinte.

»Du konntest nicht früher kommen und es tut dir leid?«

Er machte eine bejahende Kopfbewegung.

Melina lächelte. »Schon okay. Willst du etwas Tee?«

Alexis nickte und Melina reichte ihm den Becher. Zaghaft nahm er kleine Schlucke, während er Melina keinen Augenblick aus den Augen ließ.

»Ich freue mich, dass du da bist«, gestand sie ihm.

Alexis setzte den Becher ab. Mit der freien Hand deutete er auf Melina, dann auf sich und setzte eine zufriedene Miene auf.

»Du auch?«

Bestätigendes Nicken des Jungen.

Eine Weile saßen die beiden Kinder einfach nur da. Teilten sich den Stein. Ihre Beine und Arme berührten sich. Melina genoss Alexis' Gegenwart, auch wenn Unterhaltungen mit ihm nicht ganz einfach waren.

Lautes Rufen störte abrupt die Zweisamkeit der beiden. Gleichzeitig zuckten sie zusammen und blickten in die Richtung, aus der die Laute kamen.

»Da ist ja Frenk«, entfuhr es Melina überrascht. Mit zwei anderen Jungs, die sie nicht kannte, lief er auf der anderen Seite des Flusses dicht am Ufer entlang. Einer seiner Freunde, ein Junge mit feuerrotem Haar, schwang einen Ast wie ein Schwert und schrie: »Ob Drachen, Dämon oder Zombie, ich schlag sie alle tot.« Worauf Frenk schallend lachte. »Good luck mit deinem Ast.«

»Dir fehlt es an Fantasie«, konterte der Rotschopf, ließ aber sein Ast-Schwert sinken.

In dem Moment erblickte Frenk seine Klassenkameradin. »Hi, Melina.« Er winkte.

Schüchtern erwiderte sie die Geste.

»Wer ist das?«, wollte der rothaarige Junge wissen und gab sich gar nicht erst die Mühe, leise zu sprechen.

»Melina. Sie ist in meiner Klasse.« Frenk trat näher an den Rand des Wassers und rief: »Die beiden Schwachköpfe hier heißen Mischa«, er deutete auf den Rothaarigen, »und Philipp.«

Melina grüßte kurz.

»Was machst du?«, fragte Frenk.

Ehe sie antwortete, blickte sie zu Alexis, der einen ziemlich verkniffenen Gesichtsausdruck zur Schau trug, den sie nicht zu interpretieren vermochte.

»Ach, nichts Besonderes«, erwiderte Melina und zuckte mit den Schultern. »Und ihr?«

»Wir gehen in den Wald.«

»Oh.«

»Wanna join?«, fragte Frenk.

Melina drehte sich zu Alexis um, der mittlerweile aufgestanden war. Er schüttelte energisch den Kopf.

Sie fühlte sich hin- und hergerissen, weil sie gerne einmal in den Wald gehen würde, aber Alexis nicht zurücklassen wollte, der anscheinend keine Lust hatte, mitzukommen.

»Es wird bestimmt lustig«, versuchte sie ihn zu begeistern, doch Alexis winkte noch energischer ab. Seine dunklen Augen waren fast schwarz wie die Nacht.

»Hey, mit wem redest du?«, fragte Mischa glucksend.

Melina sah den Jungen irritiert an. »Mit Alexis.« Sie deutete mit ausgestreckter Hand auf ihn.

»Frenk, kann es sein, dass deine Schulkameradin einen Knall hat?«

Der Angesprochene zuckte mit den Schultern. »Scheint so.« Und zum ersten Mal seit Melina Frenk kannte, verhielt er sich unhöflich. Ohne ein weiteres Wort an sie zu verlieren, drehte er sich um und rief den beiden Jungs zu: »Kommt, lasst uns gehen.«

Perplex starrte Melina den Jungen nach, wie sie zwischen den Bäumen verschwanden.

Sanft berührte Alexis sie am Arm, worauf Melina sich zu ihm umdrehte. »Ich verstehe nicht …«, stammelte sie.

Alexis blies seine Backen auf und ließ die Luft entweichen. Dann deutete er mit beiden Händen auf seine Brust und hielt sie danach vor seine Augen.

»Du siehst nichts?« Melina furchte die Stirn.

Alexis seufzte und schüttelte den Kopf. Er unternahm einen neuen Versuch. Machte eine Bewegung, die die Umgebung umfasste, deutete auf sich und hielt sich dann wieder die Hände vor die Augen.

»Die anderen sehen dich nicht?«, fragte Melina mit blecherner Stimme.

Nicken.

»Aber ich sehe dich. Bin ich verrückt?«

Nun schüttelte der Junge den Kopf.

»Ich sehe dich und niemand sonst. Das ist doch nicht normal. Ich bin nicht normal.« Tränen rollten über Melinas Wangen. Sie erinnerte sich zurück an den Tag im Zeichenunterricht. Scham erfüllte sie.

Alexis ergriff ihre Hände und zeigte ihr ein vehementes Nein.

»Doch, irgendetwas stimmt nicht mit mir«, beharrte Melina.

Der Junge seufzte und streckte seine rechte Hand aus. Ehe Melina es sich versah, berührte er ihr Gesicht. Kälte strömte aus seinem Finger, mit dem er ihr eine Träne wegwischte, und ließ Melina zurückzucken. Doch dann sah sie, was mit der Träne geschehen war. Erstaunt trat sie näher zu Alexis, der seinen Zeigefinger ausgestreckt hielt, eine eisige Perle auf der Kuppe.

»Ist das meine Träne?«, fragte sie ungläubig.

Der Junge nickte.

Melina berührte mit dem Zeigefinger die kalte Perle. »Das ist Eis«, stellte sie fest. »Aber wie ist das möglich?«

Alexis' Mundwinkel verzogen sich zu einem verlegenen Lächeln. Plötzlich schmolz das Eis und die Träne rann über seinen Zeigefinger hinunter ins Gras.

»Kannst du zaubern?«, fragte Melina.

Alexis bewegte sacht die rechte Hand hin und her.

»Ein bisschen, aber nicht so richtig?«, übersetzte Melina laut und erntete von ihm ein bejahendes Nicken.

Alexis bückte sich und pflückte die Blüte eines Stiefmütterchens. In seiner Hand wurde die Blume zu einem Kunstwerk aus Eis.

»Wow!«, entfuhr es Melina. Vergessen waren Frenk und seine Freunde. »Kannst du das mit allem machen?«

Alexis machte eine Handbewegung, die sagte, dass er sich nicht sicher war. Dabei lächelte er sichtlich verlegen.

»Konntest du das schon immer?«, fragte Melina.

Kopfschütteln.

Nachdenklich zupfte Melina an ihrer Unterlippe. »Ich wünschte, du könntest sprechen. Ich glaube, du hättest vieles zu erzählen.« Sie sah den Jungen offen und voller Zuneigung an.

Alexis nickte eifrig. Gleichzeitig pustete er frustriert eine Haarsträhne aus der Stirn.

»Mach dir keinen Kopf«, sagte Melina und legte ihm eine Hand auf die Schulter. »Ich bin trotzdem gerne mit dir zusammen.«

Alexis blinzelte. Seine Miene umspielte Skepsis.

»Ja. Es macht irgendwie auch so Spaß, mit dir zu reden. Außerdem fühle mich wohl in deiner Gegenwart«, verriet sie ihm. Ihre Worte brachten Alexis zum Erröten. Mit einer Hand fuhr er sich durch das schwarze Haar. Schließlich ließ er die Hand mit einem Seufzen sinken. Auf seiner Stirn zeichneten sich Furchen ab. Die Augenbrauen zog er eng zusammen.

»Was beschäftigt dich?«, fragte Melina.

Alexis brach in wildes Gestikulieren aus, dazu atmete er immer wieder schwer aus, um seine Frustration kundzutun.

»Kannst du Gebärdensprache?«, fragte Melina.

Er verneinte.

»Wir könnten sie lernen«, überlegte Melina laut. »Oder noch besser, wir entwickeln eine eigene oder ...« Ihr Blick fiel auf den Block und die Stifte, die sie dabei hatte. »Du schreibst mir auf, was du sagen möchtest.«

Alexis' Gesichtszüge entspannten sich und er zeigte ein begeistertes Lächeln. Er griff nach dem Block, schrieb und zeigte Melina schließlich seine Antwort.

Sie las laut: »Lieber eine eigene Geheimsprache lernen. Das macht mehr Spaß. Schreiben kann jeder.«

Melina stieß einen freudigen Jauchzer aus. »Das finde ich auch.«

Der Junge lächelte breit.

»Mit welchem Wort wollen wir beginnen?«, fragte Melina.

Alexis zuckte mit den Schultern, seine Mundwinkel glücklich nach oben gezogen.

Melina tippte sich nachdenklich mit dem Zeigefinger gegen das Kinn. »Lass mich mal überlegen …«

*

Leonhard saß im Wintergarten an seinem Mac und brütete über der Grafik für eine Müsli-Verpackung. Mit einem Seufzen lehnte er sich im Stuhl zurück, streckte seine Arme in die Höhe, bis die Gelenke knackten. Er richtete seinen Blick vom Bildschirm zum Fenster. Leonhard sah seine Tochter auf dem Stein sitzen, wo sie bereits die letzten Tage verbracht hatte. Am Grab von Baron. Doch dieses Mal war etwas anders. Sie las nicht in einem Buch und sie starrte auch nicht hinüber zum Wald – nein, sie schien eine Unterhaltung zu führen. Eine fröhliche Unterhaltung, denn sie lächelte. Doch Leonhard konnte keinen Gesprächspartner erblicken. Ein kalter Schauer jagte seinen Rücken hinunter, als er sich langsam erhob, um nach dem Fernglas zu greifen, das er immer griffbereit hatte. Normalerweise benutzte er es, um Vögel zu beobachten. Nun konnte er deutlich erkennen, wie Melina gestikulierte und redete. Genau so, als würde jemand vor ihr im Gras sitzen. Sprach sie mit Baron? Er war sich nicht sicher. Langsam ließ er das Fernglas sinken.

»Ella!« Ein einziger Ruf, laut und versetzt mit Sorge. Innerhalb weniger Sekunden erschien Melinas Mutter im Wintergarten.

»Leonhard, was ist los?«, fragte sie.

»Ich weiß es nicht«, erwiderte ihr Mann. »Am besten siehst du es dir selbst an.«

Ella trat neben Leonhard, der mit ausgestrecktem Zeigefinger in die Richtung deutete, in die seine Frau schauen sollte.

Sie kniff ihre Augen zusammen. Ihr Mund wurde zu einer harten Linie.

»Hier.« Leonhard reichte ihr das Fernglas. Stumm nahm sie es und blickte hindurch.

»Redet sie mit Baron? Was denkst du?«

Ella ließ das Fernglas sinken. »Nein. Es ist jemand bei ihr.«

»Wer? Konntest du es sehen?«

»Ein Schatten, mehr kann ich nicht mehr erkennen. Ein dunkler Schatten, ein Kind vielleicht oder etwas anderes. Ich weiß es nicht.« Ella sah ihren Mann voller Sorge an.

»Denkst du, sie steckt dahinter?« Leonhards Stimme war brüchig wie ein trockener Ast.

»Ja.« Tränen traten in Ellas Augen.

Leonhard legte seine Hände um die Hüften seiner Frau.

Sie sah ihren Mann nicht an. Ihr Blick war zum Fenster gerichtet, zu ihrer Tochter. »Leonhard, hol sie rein.«

»Und dann?«, fragte er.

»Sie darf nicht mehr allein raus«, bestimmte Ella.

»Wie willst du ihr das erklären? Mit der Wahrheit?«

Elle schüttelte entschieden den Kopf. »Ich lass mir etwas einfallen.«

»Sie wird uns hassen.«

»Besser sie hasst uns, als dass wir sie verlieren«, meinte Ella.

Leonhard fuhr sich mit beiden Händen über das Gesicht. Erst wollte er seiner Frau sagen, dass sie Melina auch auf eine andere Weise verlieren konnten, aber dann besann er sich. Er drehte sich ab, um zu seiner Tochter zu gehen.

*

Melina und Alexis waren ganz und gar damit beschäftigt, sich mittels Zeichen eine eigene Sprache zu kreieren, sodass sie Leonhard nicht kommen hörten. Sie lachten gemeinsam. Melina glockenhell und Alexis etwas krächzend, aber dafür mit strahlenden Augen. Die Zuneigung zu ihm durchströmte Melina in einem Maße, wie sie es nur für ihre Eltern und Baron kannte.

»Melina!«, rief Leonhard, als ihn nur noch wenige Meter von seiner Tochter trennten. Erschrocken sah das Mädchen in seine Richtung.

Alexis sprang auf und stellte sich neben Melina. Sein Atem ging flach, es war fast schon ein Keuchen, das an Melinas Ohren drang.

»Komm nach Hause«, befahl Leonhard. Melina fiel auf, dass der Blick ihres Vaters unstet war, als suche er etwas oder jemanden. Ihr Herzschlag beschleunigte sich. Irgendetwas war nicht in Ordnung, das spürte sie nur zu gut.

»Wieso?«, wollte sie wissen.

»Weil deine Mutter und ich es wünschen«, lautete die Antwort. Eine, mit der Melina sich nicht zufriedengeben wollte.

»Ich möchte aber noch hierbleiben.«

»Mit wem hast du geredet?« Leonhard sah Melina einen Moment eindringlich an, ehe er seinen Blick wieder wandern ließ.

»Mit Baron.«

»Das sah nicht danach aus«, meinte Leonhard.

Melina schwieg. Ihre Gedanken überschlugen sich. Ihr Vater verhielt sich sehr merkwürdig, und das jagte ihr Angst ein. Sie schaute neben sich, wo Alexis stand. Dieser hielt sich einen Finger vor die Lippen. Das Zeichen, das sie vereinbart hatten für *Geheimnis*. Melina richtete ihren Blick wieder auf ihren Vater.

»Ich möchte bleiben.«

»Und ich sagte: Nein. Los, komm!«

»Nein!« Melina verschränkte die Arme vor der Brust.

Ihr Vater sah sie überrascht an. Melina und ihre Eltern gerieten nicht oft aneinander, und wenn es dann doch einmal geschah, waren beide Parteien erstaunt darüber.

Die ganze Zeit stand Alexis mit hängenden Armen da. Sein Blick schweifte von Vater zu Tochter und wieder zurück, als würde er einen Schlagabtausch beim Tennis beobachten. Sein Mund war leicht geöffnet, als wolle er etwas einwerfen, um Melina zu Hilfe zu kommen.

Melina sah ihn an. Sie wünschte sich, sie hätten mehr

Zeit miteinander gehabt zum Üben ihrer Gebärden-sprache. Entmutigt machte sie das Zeichen für Nacht, indem sie ihre rechte Hand in die linke legte, und schaute ihren Freund eindringlich an. Sie hoffte, er würde verstehen, dass die Geste ihm galt. Auf Alexis' Stirn zeichneten sich Falten ab, ehe er nickte. Melina musste die Zähne zusammenbeißen, um nicht zu lächeln oder gar ebenfalls zu nicken. Stattdessen senkte sie ihren Blick. Ihr Vater wertete es als Zeichen der Kapitulation und legte seiner Tochter den Arm um die Schulter.

»Komm«, sagte er sanft.

Ella stand im Garten, die Arme übereinandergeschlagen. Einzelne Strähnen hatten sich aus ihrem Pferdeschwanz gelöst. Die Sorge stand ihr buchstäblich ins Gesicht geschrieben.

»Mama? Was ist los?«, fragte Melina. Ihre Stimme klang blechern.

»Kommt rein«, sagte Ella, ohne auf die Frage einzugehen.

Im Wohnzimmer wurde Melina angewiesen, auf dem Sofa Platz zu nehmen. Ihr Vater setzte sich neben sie, während die Mutter stehen blieb, die Hände vor den Mund gelegt. Die Sorge war aus ihrem Gesicht gewichen, um einem nachdenklichen Ausdruck Platz zu machen.

»Ihr macht mir Angst.« Melina spürte, wie sich ihr der Hals zuschnürte. »Was ist passiert?«

Ella ließ die Hände sinken. »Mit wem hast du dich unterhalten?«

»Mit Baron«, wiederholte das Mädchen ihre Lüge.

»Das ist nicht wahr«, sagte die Mutter. Ihre belegte

Stimme klang fremd. Eine Gänsehaut kroch über Melinas Arm.

»Es war ein anderes Kind, nicht wahr?« Ellas Blick heftete sich auf Melina, die unruhig auf ihrem Platz hin und her rutschte.

»Solltest du ihm in den Wald folgen?«, fuhr Ella fort.

Melina schwieg.

»Sag es mir, los!« Die Mutter schrie beinahe.

»Schatz«, sagte Leonhard. »Beruhig dich.«

Ella legte ihren Kopf in den Nacken, die Hände in die Hüften gestemmt, atmete mehrmals geräuschvoll ein und aus.

Schließlich schaute sie wieder ihre Tochter an. »Du weißt gar nicht, in welche Gefahr du dich begibst, wenn du dem Kind in den Wald folgst.«

Melinas Lippen zitterten. Sie wusste nicht, wie sie reagieren sollte. »Ich … ich verstehe nicht, wovon du redest«, brachte sie hervor.

Die Eltern wechselten Blicke. Blicke, die Melina nicht deuten konnte. Doch schien es eine Unterhaltung zu sein, die einvernehmlich geführt wurde und die mit einem kaum merklichen Nicken der Mutter beendet wurde.

»Geh auf dein Zimmer«, sagte sie.

Melina gehorchte. Auf staksigen Beinen ging sie die Stufen in den ersten Stock hinauf. Ihre Gedanken kreisten und wirbelten in ihrem Kopf umher. Was war das eben gewesen? Warum war ihre Mutter so ausgetickt, und woher wusste sie, dass sie sich mit einem Kind unterhalten hatte? So viele Fragen und keine Antworten. Vielleicht würde Alexis ihr heute Nacht die ein oder andere Antwort liefern können – so gut es ging mit der Gebärdensprache.

Beim Abendessen verkündete Leonhard: »Melina, deine Mutter und ich möchten, dass du vorerst nicht mehr an Barons Grab gehst. Zumindest nicht allein.«

Fassungslos ließ Melina die Gabel sinken. »Aber wieso nicht?«

»Zu deinem eigenen Schutz«, erwiderte die Mutter in einem Tonfall, der klar besagte: *Diese Antwort muss dir reichen!*

Melina starrte auf ihren Teller, unschlüssig, wie sie reagieren sollte. Ein Teil von ihr wollte aufbegehren, während ein anderer Teil sie dazu brachte, besser die Füße still zu halten.

»Ich versteh das alles nicht. Was ist so schlimm am Wald? Mit wem soll ich geredet haben?« Die Worte kamen leise über Melinas Lippen.

»Der Wald und seine Bewohner sind gefährlich«, eröffnete Ella. Ihre Augen hatten sich verdunkelt, um ihren Mund zeigte sich ein harter Zug.

»Welche Bewohner?« Melina sah auf. Ihr Herz klopfte ihr bis zum Hals. Sie erwartete, dass ihre Mutter *Alexis* sagen würde. Stattdessen erwiderte sie jedoch: »Wer auch immer mit dir an Barons Grab war, meint es nicht gut mit dir.«

Ein kalter Schauer jagte Melinas Rücken hinunter. Ihre Eltern waren überzeugt, dass jemand bei ihr gewesen war, aber aus ihren Worten konnte Melina schließen, dass sie Alexis nicht gesehen hatten. Sie benetzte sich mit der Zunge die Lippen, bevor sie sprach: »Es war niemand da.«

Ella warf ihrer Tochter einen Blick zu, der bis in ihr tiefstes Inneres zu dringen schien. Melina hatte Mühe, ihm standzuhalten, aber sie musste es, das wusste sie, oder ihre Lüge würde entlarvt werden.

Am Ende senkte Ella als Erste ihren Blick. »Denk an meine Worte, Melina«, sagte sie leise.

Ein Kloß bildete sich im Hals des Mädchens. Sie wusste nicht, was sie darauf erwidern sollte.

Den Rest des Abendessens verbrachten sie schweigend. Die einzigen Geräusche kamen vom Geklapper des Geschirrs und dem Klirren des Bestecks.

Melina musste sich zu jedem Bissen zwingen. Der Appetit war ihr gründlich vergangen nach den Worten ihrer Mutter, die in ihrem Kopf nachhallten wie ein böses Omen. War es möglich, dass Alexis ihr wirklich etwas Schlechtes wollte? Innerlich schüttelte Melina entschieden den Kopf. Nein, Alexis war ein zurückhaltender, liebenswerter Junge. Trotzdem schien ihre Mutter irgendetwas zu wissen, etwas über den Wald und deren Bewohner. Melina fragte sich, welche Geheimnisse ihre Eltern vor ihr hatten und warum sie diese nicht mit ihr teilten. Was war so schrecklich?

Nachts saß Melina am Fenster und wartete auf Alexis, doch der Junge tauchte nicht auf. Als ihr Wecker drei Uhr anzeigte, kroch sie müde und enttäuscht in ihr Bett und schlief bis in den späten Morgen hinein.

7

Der verschwundene Junge

»Melina.« Eine sanfte Stimme drang wie durch Watte zu ihr hindurch. Das Mädchen blinzelte, rieb sich die Augen und richtete sich schlaftrunken auf.

Ihre Mutter stand in der Tür. Ein Lächeln auf den Lippen, die Gesichtszüge weich, so als hätte es die Worte von letztem Abend niemals gegeben. Einen Augenblick lang war Melina sich tatsächlich unsicher, ob sie geträumt hatte. Von der letzten Nacht, aber auch den Tagen davor mit Alexis. Vielleicht gab es den Jungen aus dem Wald gar nicht? Vielleicht lebte Baron noch. Sie sah an das Fußende ihres Bettes, wo Baron immer gelegen hatte. Der Platz war leer. Es gab auch keine Mulde, die zeigte, dass er bis vor Kurzem dort geruht hatte. Baron war definitiv tot, Alexis existierte, ihre Mutter hatte eine Warnung ausgesprochen und ihr Vater ein Verbot.

»Es gibt Frühstück«, verkündete Ella.

Melina nickte. Sie stand auf, obwohl sie noch müde von der langen Nacht war.

Ihr Vater saß bereits am Frühstückstisch. Im Hintergrund lief leise das Radio. Er legte die Zeitung beiseite, als Frau und Tochter in der Küche erschienen, und begrüßte sie mit einem Lächeln.

»Gut geschlafen?«, fragte er.

Melina nickte, obwohl es gelogen war. Genauso gelogen wie das betont fröhliche Verhalten ihrer Eltern, als wäre gestern nichts vorgefallen. Auf ihrer Unterlippe kauend setzte sich Melina an ihren Platz. Sollte sie das Spiel einfach mitspielen und so tun, als wäre nichts passiert? Als wäre das Verbot die normalste Sache der Welt? Und damit ihren Eltern das Gefühl geben, sie hätten gewonnen? Melina mochte den Gedanken nicht. Genauso wenig wie das Verbot. Irgendetwas musste sie doch tun können. Sie war so sehr mit ihren Gedanken beschäftigt, dass sie nicht hörte, wie ihre Mutter sie ansprach. Erst als der Vater laut ihren Namen sagte, zuckte sie zusammen.

»Was?«

»Worüber zerbrichst du dir den Kopf?«, fragte er.

»Nichts.«

»Ich habe dich zweimal gefragt, was du trinken willst und du hast nicht reagiert«, sagte Ella ohne Vorwurf in der Stimme.

Melina drückte die Fingerkuppe des Zeigefingers an die Gabel. »Das blöde Verbot von euch.«

»Es ist zu deiner Sicherheit«, sagte Leonhard väterlich.

»Sicherheit«, schnaubte Melina. »Wovor? Ihr könnt nicht einfach von meiner Sicherheit reden und gleichzeitig ein Geheimnis daraus machen!«

Ella sah ihren Mann fragend an. Zum ersten Mal konnte Melina die stumme Unterhaltung ihrer Eltern interpretieren. Ihre Mutter wollte ihr erzählen, was Sache war, während ihr Vater zögerlich ein stummes Nein zu seiner Frau hinüberschickte. Worauf die Miene ihrer Mutter so etwas ausdrückte wie: *Du hast recht, es ist besser, ihr nichts zu sagen.*

Was daran jedoch besser sein sollte, wusste Melina nicht. Sie wollte gerade ihren Mund zu einer gepfefferten Antwort öffnen, als der Moderator des Radiosenders mit leicht dramatischer Stimme verkündete: »Seit gestern Abend wird der 12-jährige Frenk Wilson vermisst.« Es folgte eine Beschreibung des Jungen und die Information, dass er mit seinen Freunden im Wald gespielt habe und – gemäß deren Aussagen – von einem Augenblick zum anderen wie vom Erdboden verschluckt gewesen sei. Verzweifelt werde nun nach dem Jungen gesucht.

»Hörst du?«, sagte ihre Mutter heiser. »Das passiert, wenn Kinder in den Wald gehen. Sie verschwinden.«

Melinas Gedanken überschlugen sich. Vor ihrem geistigen Auge sah sie Frenk, wie er mit seinen Freunden auf der anderen Seite des Flusses gestanden hatte. »Das ist Frenk aus meiner Klasse«, stammelte Melina.

»Der Junge im Zoo?«, fragte Leonhard.

Melina nickte.

Die Mutter schlug sich die Hand vor den Mund. Sie war blass um die Nasenspitze.

»Mama, was ist los?«, hakte Melina nach.

Ella ließ die Hände sinken. »Ich habe mir nur vorgestellt, was seine Eltern gerade durchmachen.«

Melina presste ihre Lippen fest aufeinander. Sie glaubte ihrer Mutter nicht. Irgendetwas wusste sie, etwas, das wohl ziemlich schrecklich sein musste. Melina fragte sich, ob es einen Weg gab, herauszufinden, was ihre Eltern wussten.

Das Frühstück verlief schweigend. Melina grübelte und ihre Eltern wirkten unruhig.

Nach dem Essen zog Melina sich auf ihr Zimmer

zurück, setzte sich auf die Fensterbank mit einem Buch in der Hand. Statt aber zu lesen, starrte sie aus dem Fenster.

Als sie eine Bewegung am Waldrand ausmachte, richtete sie sich kerzengerade auf, den Atem gespannt angehalten. Frenk? Oder Alexis?

Eine dunkle Gestalt wurde sichtbar. Alexis! Seine Füße trugen ihn zum Fluss, den er, von einem Stein zum nächsten hüpfend, mit Leichtigkeit überquerte. Am anderen Ufer verweilte er einen Moment. Sah sich um und setzte schließlich seinen Weg fort.

Melina sprang auf, rannte zur Tür, verschloss sie und kehrte zum Fenster zurück, das sie sofort öffnete. Mittlerweile hatte Alexis ihren Garten erreicht. Er sah sich immer wieder unruhig um, als erwarte er, dass ihre Eltern oder jemand anders sich mit Gebrüll auf ihn stürzen würde.

Dann sah Alexis zu ihr hoch. Sein Gesicht erhellte sich, als er sie erblickte.

Melina wollte erst aus dem Fenster klettern, besann sich dann aber eines Besseren und winkte stattdessen Alexis zu. Seine Augenbrauen schnellten fragend in die Höhe. Mit Handzeichen versuchte sie ihm zu erklären, wie er über den Baum auf das Vordach und dann zu ihrem Fenster gelangen konnte. Zu Melinas Erleichterung kapierte er schnell, was sie wollte. Geschickt wie ein Äffchen erklomm er den Baum, sprang von einem Ast aus auf das Vordach, verharrte dort kurz, um sich sicher zu sein, dass ihn niemand gehört hatte, und kletterte weiter, bis er das Fenster erreichte. Melina trat zur Seite, damit er vom Sims in ihr Zimmer springen konnte.

Alexis lächelte, aber er wirkte auch aufgewühlt. Sein Blick wanderte unruhig durch Melinas Zimmer.

»Es kann niemand reinkommen. Ich habe die Tür verschlossen«, sagte Melina.

Alexis nickte zerstreut, dann begann er mit den Händen zu fuchteln. Einige Zeichen, die er mit Melina eingeübt hatte, aber auch solche, die ihr nichts sagten und wohl eher unter die Rubrik *heftiges Gestikulieren* fielen.

»Ich … ich verstehe nicht«, stotterte Melina.

Alexis fuhr sich mit beiden Händen durchs Haar. Einen Moment blieb er in dieser verzweifelt wirkenden und gleichzeitig nachdenklichen Pose stehen. Schließlich ließ er die Arme sinken, seufzte und wiederholte seine Handzeichen, aber diesmal langsamer und ruhiger.

Nach und nach, mit viel Geduld von beiden Seiten, gelang es Melina zu verstehen, was Alexis meinte.

»Du meinst Frenk!«, rief sie aus und Alexis nickte. »Du hast ihn gesehen?«

Erneutes Nicken.

»Könntest du die Polizei zu ihm führen?«, fragte Melina hoffnungsvoll.

Alexis verneinte mit einem Kopfschütteln.

»Wieso nicht?«

Er vollführte lebhafte Gesten und riss dabei seine Augen weit auf.

»Langsam, langsam«, besänftigte Melina ihren Freund. »Ich verstehe nicht, was du mir sagen willst.«

Alexis sank frustriert in sich zusammen, ehe er sich ärgerlich gegen den Hals klopfte.

»Nicht!«, stieß Melina aus und packte seine rechte Hand. Seine kühle, weiche Hand. Alexis' Gesichtszüge entspannten sich, doch in seinen Augen blieb Traurigkeit zurück, die Melinas Herz berührte. Ohne zu überlegen, schloss sie ihre Arme um den Jungen. Eine ganze Weile standen sie einfach so da, Arm in Arm, Herzschlag an Herzschlag, Atem an Atem. Warme Zuneigung flutete Melina. Zuneigung, die jener zu Baron und ihren Eltern nicht unähnlich war, und dennoch begann sich die zarte Farbe eines anderen Gefühls beizumischen. Ein Gefühl, das sie noch nicht so recht deuten konnte, jedoch ihren Puls etwas schneller werden ließ.

Sanft löste sich Alexis aus der Umarmung. Er wirkte etwas befangen. Aus seiner Kehle drang etwas, das an ein Räuspern erinnerte. In seinen Augen konnte Melina ein Funkeln erkennen. Plötzlich wurde auch sie verlegen.

»Tut mir leid, ich wollte dich nicht bedrängen oder so«, stammelte sie.

Alexis ergriff ihre Hände und schüttelte den Kopf.

Melina atmete erleichtert auf. Ihr Mund formte ein Lächeln. Doch es verschwand schnell wieder, als sie sich an Frenk erinnerte. »Alexis, kannst du mich zu Frenk führen?«

Nicken, das aber sogleich von energischem Kopfschütteln abgelöst wurde.

»Du könntest es, aber du willst nicht?«, interpretierte Melina.

Alexis seufzte und bejahte mit einer Kopfbewegung.

»Warum nicht?« Die Frage war nur ein Wispern – mehr nicht.

Die Augen des Jungen vergrößerten sich. Sein Antlitz bekam einen harten Ausdruck und gleichzeitig fletschte er die Zähne, während er seine Hände in die Höhe hob.

Melina runzelte die Stirn: »Ein wildes Tier?«

Alexis verneinte. Mit den Händen imitierte er eine wellenartige Bewegung, ehe er so tat, als hätte er langes Haar, das er über die Schultern zurückwarf. Als Melina ihn immer noch fragend ansah, ging er zu ihrem Schreibtisch und kritzelte hastig auf ein Stück Papier in ungelenker Schrift: Ich meine eine Frau.

»Aha!«

Melina rieb sich mit den Fäusten die Stirn. »Etwas ist gruselig an dieser Frau?«

Alexis nickte eifrig. Hoffnung in seinem Gesicht. Plötzlich fiel der Groschen bei Melina. »Die Frau ist gefährlich? Sie hat Frenk?«

Eine Art erleichtertes Jauchzen entwich Alexis' Lippen.

»Aber dann sollten wir ihm erst recht helfen!« Melina schlug sich die Hände vor den Mund, als ihr bewusst wurde, dass sie die Worte zu laut ausgestoßen hatte und im schlimmsten Fall von ihren Eltern gehört werden konnte. Einen Augenblick lauschte sie, doch keine Schritte waren im Flur zu hören.

Kein Rufen ihrer Mutter oder ihres Vaters erklang. Langsam ließ sie die Hände sinken. Ihre Stimme zitterte, als sie fragte: »Diese Frau ... Wird sie Frenk etwas antun?«

Nicken.

»Töten?«, krächzte Melina. Ihr Herz schlug ihr bis zum Hals.

Alexis schüttelte den Kopf.

»Sie wird ihn nicht töten, aber etwas antun? Was?«

Trauer zeichnete sich auf Alexis' Gesicht ab. Er deutete sich auf die Brust, dann auf seine Kehle und schließlich fuhr er mit der Hand nach oben, um zu verdeutlichen, was er genau meinte.

Melina verstand sofort »Sie hat deine Stimme genommen?«

Alexis bejahte.

»Aber wieso und wie kann das überhaupt möglich sein?«

Alexis sah sich suchend im Zimmer um. Als sein Blick auf den Schreibtisch fiel, ging er dorthin und nahm ein Lineal. Er hielt es mit der rechten Hand fest, schwang es in zwei, drei Auf- und Abwärtsbewegungen.

»Zaubern?«

Alexis legte nickend das Lineal auf den Tisch zurück.

»Aber das ist doch nicht möglich.« Nachdenklich runzelte Melina die Stirn. Gleichzeitig erinnerte sie sich daran, dass ihr Vater Alexis nicht hatte sehen können, sie hingegen schon. Und ihr fiel ein, was sie damals gezeichnet und hier und da gesehen hatte: die regenbogenfarbenen Blasen.

»Oder doch?«, fragte sie.

Alexis nickte.

Melina setzte sich im Schneidersitz auf den Boden. Alexis tat es ihr gleich. Knie an Knie saßen sie einander gegenüber.

»Kann denn niemand etwas gegen diese Frau machen?«

Alexis deutete auf Melina.

»Ich?«

Er signalisierte ein Ja.

»Aber du willst mich nicht zu ihr führen?«

Alexis blies seine Wangen auf, ehe er Luft daraus entweichen ließ.

»Ist es so kompliziert?«

Er bejahte.

Melina seufzte. »Ich sollte vielleicht meine Eltern einweihen. Irgendetwas scheinen sie zu wissen. Vielleicht sogar von der Frau. Ist sie im Wald?«

Alexis schüttelte erst den Kopf, dann nickte er.

»Ich soll sie nicht einweihen?«

Nicken.

»Obwohl sie etwas wissen?«

Erneutes Nicken.

»Das ist verrückt, seltsam und ... ach, was weiß ich«, seufzte Melina frustriert. »Ich kann doch Frenk nicht dieser zaubernden Frau überlassen! Ist sie eine Hexe oder so was?«

Frank zeigte ein Ja an.

»Gibt es sonst jemanden, der uns helfen könnte?«

Alexis leicht geöffneter Mund verschloss sich mit zitternden Lippen zu einer harten Linie.

»Du weißt jemanden, aber du hast Angst.« Melina durchschaute den Jungen.

Ein Seufzer und Schulterzucken folgten als Antwort.

Frustriert stieß Melina die Luft aus. »Herrgott noch mal, Alexis! Wenn wir Frenk helfen können, gibt es vielleicht auch einen Weg, deine Stimme zurückzubringen! Willst du das nicht?«

Zögerliches Nicken und Angst in den Augen des Jungen.

»Gut. Dann sollten wir all unseren Mut zusammennehmen«, sagte Melina mit fester Stimme.

Alexis' Gesichtszüge entspannten sich. Seine blauen Augen begannen zu leuchten. Er straffte seine Schultern und machte eine entschlossene Kopfbewegung.

»Wenn es Nacht wird, machen wir uns auf den Weg«, bestimmte Melina. »Bleibst du bis dahin bei mir?« Der Gedanke, er würde gehen, ließ ihr Herz sich zusammenziehen.

Alexis stimmte mit einem sanften Lächeln zu.

8

Kinder des Waldes

*A*ufregung und Anspannung hingen in Melinas Zimmer wie ein schweres Parfüm. Vor wenigen Minuten waren ihre Eltern zu ihr ins Zimmer gekommen, um ihr eine gute Nacht zu wünschen. Alexis hatte sich im Schrank versteckt – einfach zur Sicherheit.

Melina gab sich einsilbig und müde. Kaum waren die Eltern aus dem Zimmer und Melina sich sicher, dass sie wieder ins Wohnzimmer zurückgekehrt waren, stand sie auf und öffnete die Schranktür. Alexis trat mit einem Grinsen heraus. Ein Grinsen, das, wie Melina fand, ihm gut stand. Sie fragte sich, wie seine Stimme wohl geklungen hatte. War es eher eine höhere Stimme oder eine weiche, tiefe Stimme, mit der er sprach und lachte?

»Ich ziehe mich erst um, wenn meine Eltern im Bett sind«, erklärte sie ihm und deutete auf ihren Pyjama. »Nur für den Fall, dass sie nochmals reinschauen. Heißt, wir müssen sehr wachsam sein und auf Schritte im Flur lauschen.«

Alexis verstand.

Die Stunden, bis die Eltern schlafen gingen, verbrachten Melina und Alexis auf dem Bett sitzend. Beide an die Wand gelehnt, einen Zeichenblock auf den Beinen. Alexis war sehr begabt, wie sich herausstellte.

Er zeichnete einen mächtigen Baum mit dicken

Wurzeln, die sich in alle Richtungen erstreckten. Moos wuchs über die Wurzeln und dazwischen, ein kalter Schauer jagte Melinas Rückgrat hinunter, ein Gesicht. Das Antlitz einer Frau – keine Frage. Ihr Mund war zu einem wütenden Schrei verzogen.

»Was ist das für ein Baum?«, fragte Melina flüsternd.

Alexis benetzte seine Lippen, als hätte er vergessen, dass er nicht reden konnte. Als er nur einen verzerrten Laut hervorbrachte, fuhr er sich frustriert durch das Haar.

Melina fuhr ihm sanft mit der Hand über den Rücken, so wie es ihre Mutter immer bei ihr tat, wenn sie sich ärgerte oder traurig war. »Ganz ruhig. Ärgere dich nicht.«

Alexis seufzte und gestikulierte.

»Ist das der Ort, wo wir hinmüssen?«

Kopfschütteln und dann Nicken.

»Ja und nein?«, stutzte Melina.

Alexis hob den Daumen und verneinte dazu. Dann nahm er den Zeigefinger hinzu und bejahte.

Melina krauste die Stirn. »Eins ja und zwei nein?«

Alexis kaute nachdenklich auf der Unterlippe, anscheinend fieberhaft überlegend, wie er dem Mädchen seine Antwort klar machen konnte.

»Du meinst, zuerst nicht, dann aber doch«, fiel bei Melina schließlich der Groschen ohne weiteres Zutun seinerseits. Erleichtertes Nicken.

»Ist der Baum der Ort, wo die Hexe ist?«

Erneutes Nicken.

»Ein unheimlicher Ort«, wisperte Melina, den Blick auf das Bild gerichtet.

Alexis gab einen Laut von sich, den sie als Zustimmung deutete.

Melina wollte gerade ansetzen, etwas zu sagen, als Alexis eine Hand auf ihre legte und den Zeigefinger vor die Lippen hielt. Sofort schloss das Mädchen ihren Mund. Schritte! Dann leises Flüstern. Ihre Eltern waren auf dem Weg ins Bett.

Alexis reagierte blitzschnell. Lautlos sprang er vom Bett. Im Sprung knipste er die Nachttischlampe aus und verschwand, wenn Melina sich nicht täuschte, unterm Bett. Sie selbst huschte unter die Decke, als ihr gerade noch in den Sinn kam, dass die Zeichenblöcke noch oben lagen. Hastig zog sie diese mit unter die Decke, schloss die Augen – keine Sekunde zu früh. Durch die geschlossenen Lider nahm sie das Licht wahr, das aus dem Flur in ihr Zimmer hineinschien.

»Sie schläft«, flüsterte ihre Mutter und seufzte. »Vielleicht hätten wir ihr doch die Wahrheit sagen sollen.«

»Nein«, sagte der Vater, leise, aber sehr bestimmt.

Die Tür wurde wieder zugezogen. Melina hielt die Augen weiterhin geschlossen, nur für den Fall … Gleichzeitig spitzte sie ihre Ohren. Lauschte auf die gedämpften Stimmen ihrer Eltern, das Geräusch der Toilettenspülung und die Schritte. Es schien eine gefühlte Ewigkeit zu dauern, bis endlich Stille eintrat und Melina sicher war, dass die beiden schliefen.

»Alexis?«, flüsterte sie.

Der Junge kroch unter dem Bett hervor. Im Schein des Mondlichtes wirkte sein bleiches Gesicht geisterhaft.

Melina stand auf. Aus dem Kleiderschrank fischte sie den Rucksack, den sie für das Abenteuer vorbereitet hatte. Viel enthielt er nicht. Ein Taschenmesser und eine Taschenlampe. Getränke und etwas zu essen würde sie erst jetzt einpacken können, sofern Alexis und sie es unbemerkt hinunter in die Küche schafften …

Als Melina und Alexis wenig später draußen vor der Haustür standen, grinsten sie sich gegenseitig an.

»Wir haben es geschafft!«, flüsterte Melina aufgeregt.

Alexis hob den Daumen in die Höhe.

»Ich bin aufgekratzt, aber irgendwie habe ich auch etwas Angst«, gestand sie dem Jungen.

Alexis deutete auf sich, um Melina klar zu machen, dass es ihm genauso ging.

»Aber wir müssen das tun«, fuhr das Mädchen fort. »Ich könnte Frenk nicht im Stich lassen.«

Fragend sah Alexis sie an.

»Müssen wir in den Wald gehen?«, fragte Melina.

Alexis nickte und setzte sich langsam in Bewegung. Sie folgte ihm, den Hang hinab Richtung Fluss, der sich durch die Wiese fraß, schwarz glänzend wie eine Schlange. Das kleine Kreuz auf Barons Grab hob sich mahnend vor dem Hintergrund der Bäume ab, die sich wie Soldaten aufrecht in die Höhe reckten. Gänsehaut breitete sich auf Melinas Armen aus. War das Barons Versuch, sie aus seiner Ruhestätte heraus zu warnen? Hätte sie vielleicht doch auf ihre Eltern hören sollen? Was wusste sie eigentlich von Alexis? *Nichts*, beantwortete sie sich selbst die Frage. *Etwas spät, um sich darüber Gedanken zu machen …*

Ein seltsames Geräusch riss Melina aus ihren Gedankengängen. Überrascht stellte sie fest, dass ihre Füße sie bis hin zu dem Grab getragen hatten, während Alexis bereits am Flussufer stand und sie mit brummenden Lauten und winkend zu sich rief.

Sie schaute ihn an, als würde sie ihn zum ersten Mal sehen. Bleich und zierlich war er, ganz in Schwarz gekleidet. Das hübsche Gesicht weiß wie der Mond am Himmelszelt. Seine schönen blauen Augen waren nun zwei dunkle Punkte im Gesicht, mehr nicht, aber Melina wusste auch so, wie sie aussahen und was sie darin fand. Entgegen den Worten ihrer Eltern vertraute sie Alexis. Wenn sie in seine kobaltblauen Augen blickte, erkannte sie Aufrichtigkeit. Der Junge hatte sein Herz am rechten Fleck. Genauso wie Frenk, dem sie zu Hilfe eilen wollte.

»Entschuldige«, flüsterte Melina. »Ich war in Gedanken.« Sie setzte sich in Bewegung.

Alexis wartete auf sie. Seine Körperhaltung war angespannt.

»Du hättest eine Zeichnung machen sollen von dem, der uns helfen soll«, meinte Melina.

Alexis schüttelte den Kopf und seine Mundwinkel zuckten unruhig.

»Besser nicht?«, interpretierte Melina. Der Junge bestätigte ihre Vermutung mit einer leichten Kopfbewegung.

Melina schluckte einmal leer. »Noch gruseliger als der Baum mit dem Gesicht?«

Alexis bejahte.

»Oookay.«

Fragend sah Alexis sie an, die Hand zum Fluss hin ausgestreckt.

»Ich bin bereit. Es muss sein«, sagte Melina mit fester

Stimme, und mit dem Aussprechen der Worte wusste sie, dass sie das Richtige tat.

Alexis drehte sich um. Wie sie es schon ein paarmal gesehen hatte, sprang er auch diesmal mit der Geschmeidigkeit einer Gazelle über die Steine im Fluss.

Melina presste konzentriert die Lippen zusammen, ehe sie ihm auf dem gleichen Weg folgte. Als sie Alexis erreichte, atmete sie erleichtert auf. Jedoch nur kurz, denn als sie ihren Blick zum Wald lenkte, beschleunigte sich ihr Puls. Zum ersten Mal würde sie ihn betreten. Wie lange hatte sie sich danach gesehnt.

Als sie mit Alexis die erste Reihe der Bäume durchschritt, kam ein leichter Wind auf, blies durch die Äste wie ein Mund durch eine Flöte und entlockte ihnen seltsame Töne. Melina sah hinauf zum Blätterdach des Waldes. Silberne Mondstrahlen drangen hindurch. Instinktiv schloss Melina die Augen und lauschte auf das Rauschen des Windes im Laub und sog den Duft von feuchter Erde, Tannennadeln und Harz tief in die Lungen ein. Der Wald schien sie zu begrüßen.

Melina öffnete ihre Augen wieder. Staunend klappte ihr Mund auf. Zwischen den Ästen und Blättern leuchteten unzählige kleine Lichter auf – regenbogenfarbene Lichter wie damals auf der Wiese, und plötzlich stimmten die Lichter einen aufgeregten Chor an: »Sie ist da! Melina ist da!«

»Sie kennen meinen Namen«, flüsterte sie. »Woher?«

Fragend sah sie Alexis an. Der Junge lächelte dünn.

»Wir kennen die Namen aller Kinder des Waldes«, raunten die Stimmen. »Und wenn sie kommen, heißen wir sie willkommen.«

»Was bedeutet das, ein Kind des Waldes?«, wollte Melina wissen.

»Dass du hierher gehörst«, lautete die Antwort.

»Was meinen sie?«, fragte Melina an Alexis gewandt.

Dieser winkte verächtlich ab, bevor er das Mädchen an der Hand nahm und mit sich zog.

»Melina«, riefen die Stimmen. »Im Herz des Waldes wirst du finden, was du suchst.«

»Frenk?« Melina blieb stehen.

Plötzlich erloschen die Lichter oder vielleicht verschwanden sie auch einfach blitzschnell zurück ins Nichts. Eine Antwort blieben sie schuldig.

»Ist Frenk dort?« Sie richtete ihre Frage an Alexis.

Der Junge nickte.

»Helfen uns die Lichter?«

Kopfschütteln.

»Nicht?«

Alexis bewegte seine rechte Hand auf und ab.

»Ja und nein?«

Nicken.

Melina atmete laut aus. »Immer ja und nein. Ich versteh das nicht, wie kann immer alles beides sein?« Konsterniert sah sie ihren Begleiter an.

Alexis zuckte mit den Schultern. Sein Gesichtsausdruck sagte: *Es ist eben so.*

Melina seufzte. »Und in welche Richtung gehen wir nun?«

Der Junge deutete nach rechts.

9

Verrat

*M*elina folgte Alexis auf einem schmalen Weg zwischen Tannen hindurch. Ein Weg, der in das kalte Licht des Mondes getaucht war. Eine silberne Serpentine. Ein Hauch von Magie, denn eigentlich war es unmöglich, dass der Mond seine Strahlen durch die Äste der Tannen senden konnte, und dennoch tat er es. Unmöglich war auch, dass der Erdboden derart glitzern konnte. Melinas Mund war staunend geöffnet. Sie sah die Bäume bewundernd an. Zarte Farben hüllten jeden einzelnen ein. Sangen ein Lied von Leben und Magie. Melina streckte ihre Hand nach Alexis aus. Sie berührte ihn an der Schulter. Sofort drehte er sich um.

»Alexis, ist das ein verzauberter Wald?«, fragte sie.

Der Junge lächelte. Er zeigte auf Melina, dann auf ihre Augen, während seine eigenen sich weiteten. Eine Abfolge von Gesten, die sich dem Mädchen nicht erschließen wollten. Als sie es Alexis sagte, zog der nachdenklich die Brauen zusammen, probierte es mit ein paar anderen Handzeichen, und Melina versuchte zu raten.

»Ich sehe?«

Nicken.

»Ich staune?«

Nicken und Kopfschütteln.

»So hast du es nicht gemeint?«

Klares Nicken.

»Aber wie dann?«

Alexis hob die Hände in die Höhe und ließ sie frustriert sinken.

»Tut mir leid«, sagte Melina sanft. »Irgendwie ist das zu kompliziert. Derjenige, der uns helfen soll, kann er sprechen?«

Melina fragte sich, warum ihr diese Frage nicht schon früher eingefallen war.

Alexis nickte eifrig und Melina atmete erleichtert auf.

»Ist es noch weit?«

Der Junge verneinte.

Sie liefen weiter zwischen dem Spalier von Tannen hindurch bis zu einer Stelle, wo es anscheinend nicht weiterging.

»Haben wir uns verlaufen?«, flüsterte Melina.

Alexis schüttelte den Kopf, ehe er sich auf alle viere niederließ und einige Äste zur Seite drückte.

Zögerlich ging auch Melina auf die Knie. Tannennadeln klebten an ihren Handflächen. Kleine Steine piksten sie, sodass sie leise aufstöhnte und die Hände anders platzierte.

»Ein Tunnel«, stellte Melina erstaunt fest, als sie ungefähr zwei Meter vorwärts gekrochen war.

Alexis wandte ihr kurz seinen Kopf zu, nickte und setzte seinen Weg fort. Sein Gesichtsausdruck sagte Melina: *Lass uns weitergehen ohne zu zögern, bevor die Angst womöglich zu groß wird.*

Ihrer beider Furcht konnte Melina förmlich in der Luft spüren. Wie eine schwarze Nebeldecke schwebte sie über ihnen und berührte sie mit kalten Händen.

Unvermittelt hielt Alexis inne, beinahe wäre sie auf ihn geprallt.

Mit einem Handzeichen gab er ihr zu verstehen, näher zu ihm zu kommen, weil er ihr etwas zeigen wollte.

Langsam kroch Melina neben ihn. Im schmalen Tunnel war nicht besonders viel Platz, sodass sich ihre Körper berührten. Ein Umstand, den Melina als angenehm empfand. Alexis so nahe zu sein, gab ihr ein Gefühl von Sicherheit. Als könne ihr an seiner Seite nichts geschehen.

Vorsichtig schaffte er einige Äste beiseite und gab damit die Sicht auf eine Lichtung frei. Eine Lichtung, umstanden von Eichen und Tannen, in deren Mitte sich auf brauner Erde Knochen häuften. Weiß und gespenstisch glänzten sie im kalten Mondlicht. Erschrocken schlug sich Melina die Hände vor den Mund.

»Wird er uns vielleicht fressen?«, hauchte sie.

Alexis neigte den Kopf von einer Seite zur anderen Seite.

Die Angst ergriff Melina und hüllte sie ein. Ihr Herz schlug heftig.

Alexis ließ die Äste zurückschwingen und sah Melina an.

»Vielleicht gibt es jemand anderen, der uns noch helfen könnte?« Sie zitterte. »Lass uns umkehren.«

»Ihr seid doch gerade erst gekommen«, knurrte eine sonore Stimme. Melina und Alexis fuhren erschrocken herum. Heißer Atem blies ihnen ins Gesicht.

Melina schrie und machte einen Satz nach hinten. Alexis verharrte tapfer, nur auf eine Hand gestützt, während er die andere zur Faust geschlossen vor die Brust hielt.

Ein großes Maul mit spitzen Zähnen formte sich zu einem Grinsen. Einem sprichwörtlich wölfischen Grinsen. Gelbe Augen funkelten bedrohlich. Das Tier war riesig. Größer als all jene, die Melina im Zoo gesehen hatte.

»Buh!«, stieß der schwarze Wolf aus. Melina zuckte zusammen. Dieses Mal machte auch Alexis einen Sprung zurück.

»Friss uns nicht!« Abwehrend und flehend zugleich hob Melina die Hände.

Der Wolf neigte blinzelnd seinen Kopf leicht zur Seite. »Was wollt ihr hier?«

Melina wollte antworten, aber ihre Kehle war wie zugeschnürt. Indes trat Alexis vor. Die Schultern gestrafft, aber immer noch blass um die Nasenspitze. Entschlossenheit und Furcht gleichermaßen standen ihm ins Gesicht geschrieben. Mit fahrigen Händen gestikulierte er.

»Ach, du bist das Balg, das seine Stimme hergeben musste. Jetzt erinnere ich mich«, sagte der Wolf gedehnt. »Hör auf mit dem Fuchteln und lass das Mädchen reden.« Die gelben Augen richteten sich auf Melina. Sie benetzte mit der Zunge ihre spröden Lippen.

»Ich …«, brachte sie mühsam hervor. »Ich will einen Freund retten. Alexis meinte, es gäbe jemanden, der uns helfen kann. Ich … Ich weiß nicht, ob du das bist …« Sie sah zu ihrem Begleiter hin. Dieser nickte. Also war der Wolf tatsächlich ihr Helfer. Melinas Hoffnung schrumpfte auf die Größe einer Erbse zusammen. Das kalte Gefühl beschlich sie, dass der Wolf nicht zu den guten Samaritern gehörte.

»Du verstehst den Wicht?«, fragte der Wolf.

»Ein bisschen«, erwiderte Melina kleinlaut.

»Dann soll der Kleine dir einmal erklären, warum er dich wirklich in den Wald geschleppt hat. Wohl nicht aus einem Anflug aus Nächstenliebe.« Der Wolf lachte heiser.

Melina krauste die Stirn. Sie sah Alexis fragend an.

Mit einer sehr bestimmten Handbewegung tat er die Worte des Wolfes ab und schüttelte dazu den Kopf.

»Bah, ich erzähle keinen Mist«, schaltete sich der Wolf ein. »Es gibt keinen Grund dafür. Er hingegen hat einen triftigen.« Seine gelben Augen richteten sich eindringlich auf Alexis. Dieser versuchte dem Blick des Wolfes standzuhalten, gab jedoch bereits nach wenigen Sekunden auf.

»Ich kenne dich nicht. Ich weiß nicht, wie du heißt und wer du genau bist«, sagte Melina leise. »Alexis kenne ich wenigstens.«

Der Wolf fuhr herum. Sein heißer, feuchter Atem schlug dem Mädchen ins Gesicht. »Ich bin Aaron. Ein Wolf, wie du unschwer sehen kannst.«

»Normale Wölfe können nicht reden …«

»Ich bin kein normaler Wolf. Genauso wie das hier kein normaler Wald ist«, konterte Aaron.

»Was ist er dann?«

»Ein verfluchter Ort«, knurrte der Wolf.

»Wer hat diesen Wald verflucht? War es die Hexe? Warum hat sie meinen Klassenkameraden entführt und –«

»So viele Fragen«, unterbrach Aaron sie. »Doch keine ist die richtige.«

Verzweifelt rang Melina die Hände. »Ich weiß nicht, was die richtige Frage ist.« Verzweiflung lag in ihrer Stimme. Sie sah Alexis an, der seinen Blick immer noch auf seine Füße gerichtet hatte. Er kaute zerknirscht auf seiner Unterlippe.

»Ja, schau ihn dir an«, flüsterte Aaron heiser. »Schau ihn dir genau an.«

Nun sah Alexis auf. Traurigkeit lag in seinen Augen.

Bei seinem Anblick zog sich Melinas Herz zusammen. Es war offensichtlich, dass Aarons Worte ins Schwarze getroffen hatten.

»Alexis?«, hauchte sie.

Der Wolf setzte sich selbstgefällig hin. »Hat es dir die Stimme verschlagen?«, lachte er böse auf. »Ach nein, die hat dir die Hexe ja geraubt.«

Alexis warf dem Wolf einen bitterbösen Blick zu, der an diesem jedoch abperlte wie der Regen von einer Pelerine.

Ungerührt fuhr Aaron fort: »Sie hat ihm die Stimme geraubt, aber sicherlich hat sie ihm die Freiheit versprochen, wenn er dich ihr bringt. Ist es nicht so, Junge?«

Alexis stand wie versteinert da. Seine aufgerissenen Augen glänzten feucht.

»Jedes Wort ist die Wahrheit.« Aaron kicherte argwöhnisch.

»Warum bist du so gemein?«, flüsterte Melina.

»Im Gegenteil, Mädchen. Ich bin ehrlich. Nicht gemein. Viele vertragen die Ehrlichkeit nicht. Deswegen bin ich auch hier. Die Hexe war meiner Ehrlichkeit überdrüssig.« Demonstrativ gelassen kratzte sich Aaron hinter dem Ohr. »Ich bin weder Freund noch Feind. Merk dir das.«

Melina sah Alexis fragend an. Eine Träne rollte über seine Wange und gefror auf halbem Weg zum Kinn. Seine Lippen formten stumme Worte, die Melina einfach deuten konnte: *Es tut mir leid.*

»Was tut dir leid?«, fragte sie. Ihre Stimme bebte.

»Dass er dich in den Wald gelockt hat. Quasi in die Fänge der Hexe.«

Entsetzt sah Melina den Wolf an. Da packten Alexis' kühle Finger ihr rechtes Handgelenk – schraubstockartig.

»Ist das wahr?«, verlangte das Mädchen zu wissen.

Alexis nickte und schüttelte aber gleich darauf heftig den Kopf.

Tränen der Enttäuschung stiegen in Melina hoch, gegen die sie durch blinzeln versuchte anzukämpfen. Alexis ließ sie los, um mit seinen Händen heftig zu gestikulieren.

»Er ist ein kleiner Verräter«, zischte der Wolf. »Er hat es eben selbst zugegeben.«

Melina trat einen Schritt zurück. Sie brauchte Abstand zu Aaron und Alexis. Ihre Gedanken überschlugen sich. Sie hatte dem Wolf nicht glauben wollen, aber etwas in seiner Stimme und im Ausdruck seiner Augen ließ ihr Vertrauen in Alexis zusammenbrechen wie ein Kartenhaus. Und die Reaktion von Alexis selbst tat ihr Übriges.

Der Wolf und der Junge sahen sie an und irgendwie hatte das Ganze etwas Bedrohliches an sich. Plötzlich wurde Melina bewusst, dass sie sich an einem fremden Ort befand, weit weg von ihren Eltern, weit weg von anderen Menschen … und vor sich zwei Wesen, denen sie nicht trauen konnte. In ihr erwachte das starke

Bedürfnis, einfach wegzurennen, und ehe sie noch darüber nachdenken konnte, setzten sich ihre Füße auch schon in Bewegung. Sie drehte sich um, rannte zum Tunnel zurück, bückte sich und kroch auf allen vieren so schnell sie konnte voran.

»Tu das nicht«, rief der Wolf hinterher. Seine Tonlage war derart unbestimmt, dass Melina nicht recht wusste, ob die Worte an sie gerichtet waren oder an Alexis.

Hinter sich hörte sie das Knacken von Ästen. Mit einem kurzen Schulterblick stellte sie fest, dass Alexis ihr folgte.

»Lass mich in Ruhe!«, schrie sie und robbte noch schneller. Obwohl ihre Handflächen und Knie immer wieder auf spitze und harte Steine und Zweige trafen, kroch sie unerschütterlich weiter. Schweiß rann ihr die Stirn hinab und ihre rechte Handfläche war feucht. *Vielleicht Blut*, dachte Melina beiläufig, aber sie biss die Zähne zusammen und bewegte sich noch schneller voran. Schließlich erreichte sie das Ende des Tunnels, sprang auf und hetzte, so schnell ihre Füße sie trugen, in die Richtung, aus der sie glaubte, gekommen zu sein.

Ihr Herz klopfte wie wild und trieb sie voran. Hier und da stolperte Melina über Wurzeln und Grasbüschel. Sie rannte, bis sie sicher war, Alexis abgehängt zu haben, erst dann verlangsamte sie ihr Tempo und kam keuchend zum Stehen. Nach Atem ringend, schaute sie sich um. Bäume, die sich in die Höhe streckten, wo sie nur hinsah. Plötzlich hörte sie ein Knacken. Erschrocken zuckte Melina zusammen. Es dauerte einen Herzschlag lang, bis sie begriff, dass das Geräusch nicht irgendwo hinter ihr oder vor ihr war, sondern direkt unter ihr. Genau in dem Moment, in dem sie das erkannte, gab der Boden nach und sie fiel. Ein Schrei entwich ihren Lippen. Melina stürzte in die Tiefe, bis knochige Finger aus Holz ihren Fall aufhielten. Mit den Beinen über dem dunklen Abgrund baumelnd, hing sie halb in der Luft. Melina sah sich panisch um. Spärliches Mondlicht beleuchtete harte, kantige Felsen – was aber unterhalb ihrer Hüfte war, konnte sie nicht sehen.

»Hilfe!«, schrie Melina verzweifelt. Es war ihr egal, ob Alexis sie hörte oder gar der Wolf. Hauptsache, irgendjemand würde sie vor dem Absturz in die Dunkelheit retten. Sie wollte noch nicht sterben. Sie wollte einfach nach Hause zu ihrer Mutter und ihrem Vater. Voller Angst rief sie weiter um Hilfe.

»Schhh.« Eine tiefe, wohlklingende Stimme erklang. Melina verstummte. Sie sah nach oben, konnte jedoch niemanden sehen.

»Hallo?«, fragte sie zögerlich in die Dunkelheit hinein.

»Ich lasse dich runter, erschrick nicht«, sagte die Stimme.

»Wer … Wo … bist du?«, stammelte Melina.

»Ich bin über dir und um dich«, lautete die mysteriöse Antwort, und wie um die Worte zu unterstreichen, wurde Melina sachte nach unten abgesenkt.

»Aber ich möchte nach oben«, entfuhr es dem Mädchen und schnell fügte es an: »Also nur, wenn es möglich ist und keine Umstände macht. Ich möchte nämlich nach Hause.«

»Das wäre möglich, aber würdest du den Weg durch den Wald finden?«

Sanft wurde Melina auf den Boden gesetzt und aus der

knorrigen Umarmung freigelassen. Überrascht stellte sie fest, dass sie sich in einer Höhle befand.

»Könntest du mir den Weg zeigen?«

»Leider nein, ich bin ein Baum.« Aufrichtiges Bedauern schwang in der Stimme mit.

»Oh.« Melina begriff, dass sie von den Wurzeln des Baumes gehalten worden war.

»Hier unten wirst du ohnehin bessere Hilfe finden als mich«, sagte der Baum.

Melina nickte. »Danke, dass du mich aufgefangen hast.«

»Jederzeit wieder. Nun gehe drei, vier Schritte in der Höhle nach vorne.«

Melina zögerte.

»Nur mutig. Gleich wirst du Licht bekommen. Du musst einfach vorwärtsgehen.«

»Na gut.« Melina nahm ihren ganzen Mut zusammen und machte einen Schritt nach dem anderen. Erst in die Dunkelheit hinein, doch dann war es plötzlich so, als würde sie sich in einer anderen Welt befinden. Die Felswände und die Decke waren über und über mit leuchtenden Tupfen bedeckt. Staunend blieb Melina stehen. So etwas hatte sie noch nie gesehen. Vorsichtig näherte sie sich einem dieser schimmernden bläulichen Punkte, die an Sterne erinnerten.

»Was bist du?«, flüsterte Melina.

»Ein Glühwürmchen«, antwortete eine helle, leise Stimme, die leicht zu überhören war.

»Wir sind alle Glühwürmchen«, kam es unisono von den Wänden und der Decke.

»Ihr seid wunderschön.«

»Danke«, freute sich der Würmchen-Chor.

»Helft ihr mir, aus dem Wald zu finden?«, fragte Melina. »Ein Baum – ich weiß seinen Namen gar nicht – meinte, ich würde hier Hilfe finden.«

»Gehe einfach weiter und du wirst finden, was du suchst«, sagte eine einzelne, zarte Stimme.

Melina bedankte sich und ging langsamen Schrittes weiter.

Stecknadelgroße, silberne Lichter leuchteten ihr den Weg und machten den Gang durch das Höhlensystem etwas weniger beklemmend. Hier und da blieb das Mädchen staunend stehen, um die Stalaktiten und Stalagmiten zu bewundern. Immer wieder fielen Tropfen von der Decke.

»Gefällt es dir?«, fragte eine weibliche Stimme, als Melina vor einer durchgehenden Säule aus Kalk stand. Erschrocken drehte sie sich in die Richtung, aus der die Stimme kam. Ihr Mund klappte verwundert auf, als sie sah, wem die glockenhelle Stimme gehörte.

»Bist du eine Fee?«, stammelte Melina aufgeregt.

Das zarte Wesen, so groß wie die Hand eines erwachsenen Mannes, schwebte nur einen Meter von ihr entfernt in der Luft. Regenbogenfarbene Flügel bewegten sich sachte auf und ab. Das barfüßige Geschöpf trug ein Kleid aus Blättern und Moos. Das Haar funkelte golden und die Augen schimmerten wie Smaragde.

»Eine Elfe«, berichtigte das kleine Wesen. »Aria ist mein Name.«

»Melina.«

Die Elfe lächelte. »Ich weiß.«

»Woher?«, fragte das Mädchen verdutzt.

»Ich ... Wir kennen dich und deine Eltern. Du hast uns auch schon gesehen.« Das Lächeln wurde noch etwas breiter.

Melina krauste die Stirn. Sie konnte sich nicht erinnern. Ein so bezauberndes Geschöpf hätte sie niemals vergessen!

»Wir tanzen oft auf den Wiesen und in den Blumenfeldern, wenn die Sonne scheint«, half Aria ihr auf die Sprünge. Als Melina immer noch nicht reagierte, neigte die Elfe ihren Kopf leicht zur Seite, schaute das Mädchen nachdenklich an und tippte sich unschlüssig gegen die Lippen. »Mhm ... Mhm«, ließ sie verlauten.

»Was?«, wollte Melina wissen.

»Ich Dummchen«, flötete Aria. »Du hast uns nicht richtig gesehen. Möglicherweise nur als farbige, schwebende Lichtreflexe in der Form einer Kugel ...«

Nun glättete sich Melinas Stirn und ihre Lippen zeigten ein verstehendes Lächeln. »Wusste ich es doch! Das war keine Einbildung!«

Melina wünschte sich, ihre Eltern wären hier, um Aria mit eigenen Augen zu sehen. Sie sagte es der Elfe.

»Oh, deine Mutter weiß um uns.«

»Woher? Und warum hat sie so getan, als würde ich fantasieren?« Enttäuschung flutete Melina. Angelogen zu werden, war etwas Schreckliches.

»Schau nicht so traurig«, sagte Aria. »Eltern wissen es manchmal nicht besser.«

»Was wissen sie nicht besser?«

Statt zu antworten, flog Aria einfach davon und rief: »Komm, Melina, komm!«

Ein bisschen verärgert, aber auch sehr neugierig folgte

das Mädchen der Fee durch die Höhle bis zu einem Vorhang aus schwarzen Blumen.

»Schattenlilien«, erklärte Aria und flog durch den Vorhang hindurch. Zögerlich folgte Melina ihr.

»Sie sind das Einzige, das auf dieser Seite der Höhle wächst, aber bei uns sieht es etwas anders aus.«

Und als Melina den Vorhang durchquert hatte, sah sie, was die Elfe meinte. Sie hatten das Ende der Grotte erreicht und standen auf einer Lichtung. Einer riesigen Lichtung, die von großen, mächtigen Bäumen und Farnen gesäumt war. Zu Melinas Füßen breitete sich eine Wiese mit kniehohem Gras aus. Wilde Blumen wuchsen dazwischen. Bei Tageslicht würde diese Lichtung bestimmt wunderschön aussehen.

»Setz dich«, sagte Aria und machte eine Handbewegung, die die Wurzeln eines Baumes aus dem Boden hoben und sich zu einer Art Stuhl formten. »Es sollte noch etwas bequemer sein«, meinte die Elfe an das Gebilde gewandt. Sofort wuchs Moos auf dem Sitz. »Vielen Dank.« Sie verneigte sich leicht, ehe sie sich zu Melina umdrehte. »Setz dich.«

Andächtig nahm Melina auf dem Stuhl aus Wurzeln und Moos Platz. Sie wusste nicht, wie stabil das Ganze war, geschweige denn, ob es für die Wurzeln unangenehm sein würde, wenn sie sich setzte.

Als hätte die Elfe ihre Gedanken gelesen, sagte sie: »Keine Sorge, sie halten schon etwas aus.«

Der Sitzplatz war sehr bequem. Kaum hatte sich Melina niedergelassen, wurden ihre Glieder schwer und sie hatte große Mühe, ihre Augen offen zu halten.

»Lehn dich zurück.« Arias Stimme war einlullend.

Melina öffnete ihren Mund, sie wollte ihre vorherigen Fragen wiederholen, aber stattdessen fielen ihr die Augenlider zu und ihr Mund schloss sich wieder.

»Schlaf gut, süßes Kind«, sagte Aria zärtlich und küsste das Mädchen auf die Stirn.

10

Die Feen

*Z*artes Vogelgezwitscher und die ersten warmen Strahlen der Sonne weckten Melina. Blinzelnd öffnete sie ihre Augen. Als Erstes sah sie den blauen Himmel, dann bunte Vögel, die über ihren Kopf flogen. Nein, keine Vögel, erkannte Melina. Es waren Elfen! Mit einem Schlag kam die Erinnerung an die letzte Nacht zurück. Alexis' Verrat und Aria, die sie hierhergeführt hatte auf diese wunderschöne Lichtung voller farbiger Blumen. Ein süßer Duft erfüllte die Luft.

Der Stuhl von gestern Nacht war zu einem Bett geworden, wie sie überrascht feststellte. Eine weiße, weiche Decke lag auf ihr und hatte sie die Nacht über gewärmt. Melina war sich nicht sicher, glaubte aber, dass die Decke aus Schafwolle war.

»Hast du gut geschlafen?« Aria schwebte lächelnd heran.

»Ja.« Melina schob die Decke beiseite und stand auf. »Ich muss nach Hause. Kannst du mir den Weg zeigen?«

»Was ist mit deinen Fragen?«, wollte Aria wissen.

»Meine Eltern machen sich bestimmt schon Sorgen.« Melina knetete unruhig ihre Hände.

Aria sah sich nach allen Seiten um, winkte schließlich in die eine Richtung, dann in die andere. Von links und rechts schwebten Elfen herbei. Elfen in grüner

Bekleidung mit den unterschiedlichsten Haar- und Augenfarben.

Melina schaute die zierlichen Wesen voller Begeisterung an. »Ihr seid wunderschön, alle zusammen«, hauchte sie und erntete von den Elfen ein verlegenes Kichern.

Nur Aria blickte sehr ernst drein. Melina biss sich verlegen auf die Unterlippe.

»Du kannst nicht nach Hause«, platzte es unvermittelt aus der Elfe heraus.

»Was?«, fragte Melina, obwohl sie die Worte sehr wohl verstanden hatte.

»Du. Kannst. Nicht. Nach. Hause«, wiederholte Aria mit Nachdruck.

»Warum nicht?«, rief Melina aufgebracht.

»Deine Eltern werden es verstehen.«

»Aber sie wissen nicht, wo ich bin.«

»Sie werden es verstehen«, sagte Aria erneut.

»Warum sollten sie das verstehen?! Wovon redest du?« Melina spürte, dass sie kurz davor war zu weinen. Mehr denn je wollte sie heim.

»Beruhige dich«, sagte Aria, die Hände beschwichtigend in die Höhe gehoben. »Ich werde dir alles erklären. Bitte setz dich.« Sie deutete auf den Stuhl aus Wurzeln und Moos. Vom Bett hatte er sich wieder in die Sitzgelegenheit verwandelt. Wäre Melina nicht so aufgebracht gewesen, hätte sie darüber gestaunt. So ließ sie sich aber einfach auf den Stuhl fallen und begann zu weinen.

Mitfühlend blickten die Elfen sie an.

»Ihr solltet euch auch setzen«, meinte Aria an ihre Artgenossen gewandt. Efeuranken wuchsen über die Wiese und wurden zu einem verschlungenen Band von einem Baum zum anderen, sodass sie luftige Sitzplätze für die kleinen Wesen boten.

»Es ist sehr wichtig, was ich dir jetzt erzähle«, begann Aria. »Wir wollen dich nicht aus Böswilligkeit hier behalten. Du wolltest einen Jungen suchen, der verschwunden ist, nicht wahr?«

Melina nickte. Mit dem Handrücken wischte sie die Tränen weg. »Wollt ihr mir dabei helfen?«

Aria nickte. »Wenn wir dir helfen, hilfst du gleichzeitig auch uns.«

Hoffnung flackerte in Melina auf.

»Du brauchst aber etwas Geduld«, gab Aria zu bedenken.

»Ich … Ich kann sehr geduldig sein …«

»Es kann ein paar Tage dauern, vielleicht auch Wochen.«

Die Worte trafen Melina wie ein Schlag in die Magengrube.

»Aber wird es dann für Frenk nicht zu spät sein?«

Aria schüttelte den Kopf. »Keine Sorge, es geht ihm so gut, wie es ihm gehen kann, wenn man bedenkt, dass er von einer Hexe gefangen gehalten wird.«

Ein eisiger Schauer jagte Melinas Rücken hinunter.

»Warum hat sie das getan?«

Aria seufzte traurig. »Seit vielen Jahren schon raubt sie Kinder. Kinder, die etwas Besonderes an sich haben, und das nimmt sie ihnen dann weg.«

»Alexis' Stimme«, murmelte Melina.

»Ja.«

»Dient er wirklich der Hexe?«, fragte Melina.

»Ja.«

Melina sackte enttäuscht in sich zusammen. »Es ist also so, wie der Wolf es behauptet hat.«

»Aaron weiß immer über alles Bescheid«, sagte Aria etwas abschätzig, und eine rothaarige Elfe, die neben ihr saß, ergänzte: »Und er liegt trotzdem einfach nur auf der faulen Haut.«

»Er hat sich mit der Hexe arrangiert«, warf ein männlicher Elf mit langem, braunem Haar ein.

»Von ihm kann sie auch nichts rauben«, sagte die rothaarige Elfe.

»Und wenn ihr mir helft, dann helfe ich auch euch, warum?«, fragte Melina, die Hände im Schoß gefaltet wie zu einem Gebet.

»Sie raubt nicht nur Menschenkinder, sondern auch Elfen und dann verfüttert sie sie.«

»An wen?« Melina stellte die Frage leise. Eigentlich wollte sie es gar nicht wissen. Ein Teil von ihr hoffte, dass dies alles nur ein Traum war und sie gleich wieder aufwachen würde.

»An den Vollmondstein«, erwiderte Aria.

»An einen Stein? Also ein richtiger Stein?«

»Es ist ein magischer Stein. Er ist es auch, der ihr hilft, die Dinge von den Kindern zu stehlen. Er nimmt und gibt. Sie helfen sich gegenseitig«, erklärte Aria.

Melina erschauderte. »Und wie kann ich euch helfen, gegen eine Hexe zu kämpfen, die mit ihrem Zauberstein so mächtig ist.«

»Vollmondstein«, korrigierte Aria leise und fügte an: »In dir schlummert eine Kraft, die es mit der Hexe aufnehmen kann. Eine Kraft, die deine Eltern bisher versucht haben zu unterdrücken, aus Angst davor, dass du in den Wald gehen könntest und den Kampf mit der Hexe aufnimmst. Ein Kampf, der einst deine Mutter fast das Leben gekostet hätte.«

Ein dicker Kloß bildete sich in Melinas Kehle. »Sie ... Sie kann mich also töten ...?«

»Deine Mutter war nicht richtig vorbereitet. Ihre Mutter hat sie in der Magie unterwiesen, so wie sie es einst wiederum von ihrer Mutter wurde und so weiter. Das Wissen war verwässert. Wir, die Elfen, können dir alles vermitteln, was du wissen musst. Dich trainieren, die Kräfte in dir wecken, die in dir schlummern.«

»Und dann kann ich die Hexe töten?«

»Wenn alles gut geht ... Ja!«, erwiderte die Elfe ehrlich.

»Und wenn ich nicht will?«, fragte Melina.

»Dann kannst du gehen. Wir dürfen niemanden zu etwas zwingen. Aber es würden weiterhin Kinder verschwinden und Elfen getötet.«

Die Last einer Tonne schien plötzlich auf Melinas schmalen Schultern zu lasten. Und wie um dieser Last noch mehr Gewicht zu geben, eröffnete Aria traurig: »Dort, wo die Hexe und der Vollmondstein sind, stirbt der Wald, und je mehr Elfen sterben, umso mehr leidet auch der Wald. Alles hier gehört zusammen.«

Melina nahm eine Haarsträhne und zwirbelte sie nachdenklich um einen Finger. Sie konnte hierbleiben und versuchen, Frenk zu retten und damit auch die Elfen. Oder aber sie konnte einfach wieder nach Haus gehen und so tun, als wäre dies alles nie geschehen. Ihr Herz krampfte sich zusammen. Niemals würde sie es verantworten können, jetzt mit all dem, was sie wusste, einfach zu gehen, geschweige denn es zu vergessen.

»Ich werde bleiben!« In dem Moment, in dem die Worte laut über ihre Lippen gekommen waren, wusste sie, dass es die richtige Entscheidung war.

Aria und die anderen Elfen jauchzten erleichtert auf.

11

Der Fuchs

*D*ie Zeit floss dahin. Tag und Nacht wechselten sich ab, bis Melina nicht mehr wusste, wie lange sie schon bei den Elfen war. Die Lichtung war ein Ort voller Wunder und Farben. Es gab einen Wasserfall, der sich in ein Becken ergoss, in dem Melina jeden Tag schwamm. Ganz in der Nähe des Wasserfalls war eine Quelle, der das erfrischendste Wasser entsprang, das sie jemals getrunken hatte. Die Elfen servierten ihr die köstlichsten Beeren, Nüsse und Kräuter. An einem Abend bot Aria ihr Baumrinde an, und Melina glaubte zunächst an einen Scherz, als die Elfe sie aufforderte, diese zu essen, aber am Ende war das Mädchen überrascht, wie gut die Rinde schmeckte. Auch die Zweige der Fichten waren sehr bekömmlich. Aber noch faszinierender war es für Melina zu beobachten, wie die Elfen mit den Pflanzen kommunizierten und mit deren Einverständnis und der Hilfe von Magie Möbel oder ein schützendes Dach vor dem Regen innerhalb von Sekunden erschaffen konnten.

Melina hatte die Namen vieler Elfen gehört und sich einige merken können, aber jemals alle kennenzulernen, hielt sie für unmöglich. Es schienen Hunderte, ja, Tausende kleine Geschöpfe zu sein, die in diesem Wald lebten. Aria erklärte ihr, es gäbe unterschiedliche Stämme und sie würden über die Bäume alle miteinander in Verbindung stehen.

»Wie funktioniert das?«, wollte Melina wissen.

»Du wirst es sehen, sobald die Magie hinreichend in dir erwacht ist«, versprach die Elfe.

Melina zog einen Flunsch. Oft wurde sie mit einer solchen oder ähnlichen Aussage vertröstet. Sie hatte die vagen Antworten bereits über. Meistens fingen sie mit einem wohlgemeinten, aber sehr nervenden: »Übe dich in Geduld«, an.

»Geduld wird aber Frenk nicht helfen«, jammerte Melina dann. Aria jedoch blieb konsequent. »Wenn du stirbst, hilfst du niemandem und am wenigsten deinem Freund.«

Melina wusste, dass die Elfe recht hatte, aber trotzdem wurde sie immer ungeduldiger. Hinzu kam, dass es gar nicht so einfach war, die Magie zu erlernen. Am Anfang hatte Melina gedacht, sie würde einen Zauberstab bekommen oder zumindest Zaubersprüche kennenlernen, aber Aria klärte sie auf: »Die Magie ist mehr eine Sache des Denkens als des Sagens.« Und so wurde sie angehalten, viel Zeit in der Ruhe zu verbringen, meditativ. Das Wort war für Melina neu. Genauso neu war es für sie, einfach still zu sitzen, nichts zu sagen, nichts zu tun.

Hier und da säuselte Aria ihr ins Ohr: »Hörst du den Pulsschlag von Gaia, der Mutter Erde? Hörst du den Atem des Windes, das Wachsen der Bäume?«

Zuerst hatte Melina immer an irgendetwas gedacht. An ihre Eltern, Frenk, Baron, die Hexe, doch mit der Zeit fiel es ihr immer leichter, für eine kurze Zeit nichts zu denken. Dann hörte sie das fröhliche Pfeifen der

Vögel und das energische Krächzen der Krähen. Sie roch das Moos, die Erde und das Harz. Und dann eines Tages passierte etwas Seltsames, direkt in ihrem Herzen. Es war, als hätte jemand ihr Innerstes berührt, ganz sachte angestupst. Eine Wärme breitete sich in ihr aus, die voller Liebe war. Melina seufzte überwältigt von diesem Gefühl, ohne die Augen zu öffnen. Sie fühlte sich leicht und in Wärme eingebettet. Nie zuvor hat sie sich so aufgehoben gefühlt. Und dann konnte sie den Herzschlag von Gaia fühlen. Ein Pulsieren unter ihrem Hintern. Tack. Tack. Der Wind strich durch ihr Haar und die Bäume knarzten.

»Du hörst und fühlst es, nicht wahr?«, jauchzte Aria.

Melina öffnete ihre Augen. »Ja.«

»Bravo! Großartig!« Aria klatschte in die Hände. Melina lächelte verlegen, aber innerlich vollführte sie einen Stepptanz. Sie hatte es endlich geschafft. Aria war mit ihren Fortschritten zufrieden.

»Bin ich nun endlich bereit?«, wollte Melina wissen.

»Ja, du bist bereit«, sagte die Elfe feierlich. »Ab jetzt wird die Magie trainiert.«

Melina freute sich darauf, mit Aria die Elfenmagie zu wirken. Ihre erste Aufgabe sollte es sein, einen Baum zu bitten, eine seiner Wurzeln aus der Erde zu heben.

»Denk daran, was ich dir am ersten Tag gesagt habe: Magie ist eine Sache des Denkens. Erst muss das Bild von dem, was du willst, in deinem Kopf entstehen, dann muss in deinem Herzen die Gewissheit sein, dass es bereits geschehen ist, und dann wirkt die Magie, indem du mit deinen Händen eine Bewegung machst. Du wirst intuitiv wissen, wie.«

Melina nickte, die Stirn konzentriert in Falten gelegt. Aria lachte. Sie strich dem Mädchen über die Stirn. »Es ist aber nicht nur Kopfsache. Geist, Körper und Seele müssen im Gleichgewicht sein. Wenn das eine zu stark beansprucht wird, leidet das andere.«

Melina seufzte, nickte und versuchte, dieses Gleichgewicht zu finden, von dem Aria gesprochen hatte. Als sie das Gefühl hatte, die Ausgewogenheit erreicht zu haben, schloss sie die Augen und stellte sich vor, wie sich die Wurzeln aus dem Boden erhoben. Sie hob ihre Hände, die Handflächen nach oben gedreht, in die Höhe. Als sie ein leises Geräusch vernahm, öffnete sie ihre Augen. Enttäuscht stellte sie fest, dass nichts passiert war.

Aria ermunterte sie, es weiter zu versuchen. Doch je länger sie sich abmühte, umso weniger wollte es ihr gelingen. Irgendwann meinte die Elfe, dass es genüge und sie es am nächsten Tag wieder probieren sollten. Nach drei Tagen des erfolglosen Bemühens war Melina enttäuscht. Sie hatte mehr von sich erwartet. Aria versuchte, sie zu trösten. »Kopf hoch, Magie ist am Anfang schwer, doch wenn du es mal raus hast, wird es dir so leicht fallen wie das Atmen. Sei also geduldig mit dir.«

»Wie kann ich geduldig sein, wenn ich weiß, dass da draußen im Wald eine Hexe ist, die Kinder entführt und Elfen tötet?«, stieß Melina aus.

»Indem du weißt, dass du ihnen nur helfen kannst, wenn du die Magie auch wirklich beherrschst.« Arias grüne Augen hatten sich verdunkelt, sodass sie fast braun aussahen.

»Verstehe«, murmelte Melina. Sie verstand es wirklich, aber sie wollte trotzdem jetzt schon richtig zaubern können. Das würde ihr etwas Ansporn geben. So ohne einen Erfolg fühlte sie sich nutzlos und entmutigt.

»Schau nicht so frustriert«, meinte Aria. »Wenn du es zu sehr willst, wirst du dich blockieren. Du musst das –«

»Gleichgewicht finden, ja, ja, das habe ich verstanden«, schnaubte Melina und stieß ein wütendes »Aaargh!« aus.

Aria wich etwas zurück, dann zuckte sie mit den Schultern. »Es ist die Wahrheit.«

»Scheiße ist es!«, fauchte Melina.

»Nein, es ist schwierig, die Mitte zu finden, besonders für Menschen«, meinte Aria geduldig. »Bitte setz dich nicht zu sehr unter Druck, sonst wirst du dich selbst behindern.«

An diesem Tag beschloss Aria, dass Melina eine Pause brauchte, um auf andere Gedanken zu kommen, und ließ sie deswegen allein auf der Lichtung, die viel größer war, als Melina am ersten Tag gedacht hatte. Sie badete erst ihre Füße im kleinen See unter dem Wasserfall, ehe sie weiterging, durch das kniehohe Gras streifte und dann inmitten der Wiese stehen blieb, als sich etwas Rötliches auf sie zu bewegte. Es hüpfte ganz schnell auf und ab, sodass sie keine Möglichkeit hatte, zu erkennen, was für ein Tier es war, bis es schließlich vor ihr stand. Melina zuckte erschrocken zurück.

»Ich tue dir nichts«, sagte der Fuchs mit einer angenehm weichen, warmen Stimme. »Ich habe von dir gehört und wollte dich sehen.«

»Oh«, sagte Melina und bewunderte das hübsche Tier mit dem glänzend rötlichen Fell und dem schönen buschigen Schweif, der an der Spitze weiß war wie ein in Farbe getauchter Pinsel.

»Wie ist dein Name?«

»Quniquiquis.«

»Qui...qui.« Melinas Zunge stolperte förmlich über die vielen Qs.

Der Fuchs kicherte: »Ein unmöglicher Name, ich weiß. Vielleicht hast du einen schöneren und passenderen für mich?«

Melina freute sich über die Ehre und tippte sich mit dem Zeigefinger gegen die Lippen, während sie nachdachte. Der Fuchs wartete geduldig.

Dann war ihr ein Name eingefallen: »Picasso! Was hältst du davon?« Erwartungsvoll sah sie ihr Gegenüber an.

»Das gefällt mir«, meinte der Fuchs und Melina hätte schwören können, dass er lächelte.

»Wollen wir gemeinsam ein Stück spazieren?«, fragte Picasso.

»Gerne!«, rief Melina.

Und so hüpften sie Seite an Seite durch das hohe Gras, ehe sie zum Waldboden kamen, wo der Sommerwiesengeruch dem von feuchter Erde, Tannennadeln und Pilzen wich.

»Ich habe dich beobachtet«, gestand der Fuchs. »Manchmal schaust du etwas traurig. Warum?«

Melina blinzelte. »Weil ich meine Eltern vermisse, und weil ich einem Freund helfen will, der von der Hexe gefangen gehalten wird.«

»Nun, da ist es natürlich verständlich, ein trauriges Gesicht zu machen.« Der Fuchs fuhr sich mit einem Pfötchen über den Kopf.

»Und ich bin langsam beim Erlernen der Magie!« Melina ließ sich mit einem schweren Seufzen im Schneidersitz auf das weiche Moos sinken. Rundherum wuchs Sauerklee. Frustriert zupfte sie ein Pflänzchen aus und stopfte es sich in den Mund.

»Magie ist eine –«

»Kopfsache, ja, ich weiß. Das hat Aria auch gesagt«, fiel Melina ihm ins Wort.

»Eigentlich ist es eine Dreisamkeit«, meinte der Fuchs mit seiner sanften, warmen Stimme.

»Dreisamkeit?«, wiederholte Melina mit gekrauster Stirn.

»Geist, Körper, Seele. Alles im Einklang. Niemals im Kampf. Niemals im Frieden. Suchend und findend, ohne aus dem Takt zu fallen.«

Melina runzelte die Stirn so stark, dass sich sogar oberhalb ihrer Nase kleine Fältchen bildeten.

Picasso legte ihr eine Pfote auf das Knie. »Lass gut sein. Ich bin schon ein alter Fuchs und rede manchmal etwas verschroben.«

Melina neigte ihren Kopf zur Seite, um Picasso eingehend zu mustern, und als sie ihm in die Augen blickte, konnte sie die Weisheit darin sehen.

»Trotz meines Alters weiß ich jedoch noch längst nicht alles«, verriet er ihr und ergänzte: »Aber eines weiß ich mit Sicherheit: Es ist wichtig, mit offenem Herzen durch die Welt zu gehen. Fragen zu stellen, aber auch gut zuzuhören. Hast du dem Wald zugehört?«

»Ich … keine Ahnung«, stammelte Melina. Sie drehte fahrig eine Haarsträhne um ihren Zeigefinger. »Ich sehe einfach die Farbwölkchen, die sie miteinander austauschen.« Melina lächelte. Zum ersten Mal hatte sie die Wölkchen nach einer Woche im Wald erblickt. Wie fliegende Zuckerwatte wirkten sie, wechselten von einem Baum zum anderen. Aria hatte ihr erklärt, dass es sich dabei um die Sprache der Bäume handelte. Ihr eigener Dialekt sozusagen. »Es ist wunderschön«, schwärmte Melina. »Hier im Wald ist so viel Leben, gibt es so viele Wunder. Ich kann gar nicht glauben, dass er verflucht ist.«

Verwundert sah der Fuchs sie an. »Wie kommst du darauf?«

»Aaron hat es mir gesagt.«

»Der Wolf?«, fragte Picasso nach.

Melina bejahte.

»Für Aaron mag der Wald verflucht sein, aber für uns andere ist er es nicht.«

»Und was ist mit der Hexe? Sie verfüttert die Elfen. Sie entführt die Kinder.« Melina spürte sofort einen Druck auf ihrer Brust.

»Ja, die Hexe«, murmelte Picasso. »Ein eigenartiges Wesen ist sie. So voller Wut und Trauer.«

»Du kennst sie?«, fragte Melina. Sie richtete sich kerzengerade auf.

»Ich habe sie aus der Ferne beobachtet. Ich beobachte viel, denn nur so kann ich besser sehen, verstehen ...« Er ließ den Satz unvollendet.

Melina kaute nachdenklich auf der zuvor um den Finger gezwirbelten Haarsträhne herum. »Was kannst du mir über sie sagen?«

»Nichts«, erwiderte der Fuchs.

Melina ließ die Haarsträhne los. Mit solch einer Antwort hatte sie nicht gerechnet.

»Ich verstehe nicht. Du sagst, du hast sie beobachtet und trotzdem kannst du mir nichts sagen?«

»So ist es, aber ich kann dich zu ihr führen.«

Misstrauisch zog Melina die Brauen zusammen. »Ist das eine Falle? Schon einmal hat jemand versucht, mich zu ihr zu bringen, aber er wollte sich dafür die eigene Freiheit erkaufen.«

»Der Junge ohne Stimme, davon habe ich gehört.«

»Von wem?«

»Die Elfen reden gerne.« Der Fuchs lächelte und mit einem Zwinkern fügte er an: »Und ich lausche noch lieber.«

Melina blickte auf ihre Hände, die in ihrem Schoß ruhten. »Ich war lange wütend auf ihn.«

»Und jetzt nicht mehr?« Picasso sah sie mit seinen goldbraunen Augen voller Wärme an.

Das Mädchen schüttelte den Kopf. »Mittlerweile frage ich mich, wie es ihm geht. Ob er noch lebt. Und irgendwie verstehe ich, dass er seine Freiheit haben wollte. Wer möchte schon im Dienst einer Hexe stehen, die Kinder entführt?«

Schweigen senkte sich über die beiden. Picasso legte seine Schnauze auf Melinas Bein. Gedankenverloren streichelte sie ihm über den Kopf.

Picasso war nicht wie Aaron und trotzdem wollte das Misstrauen nicht ganz von ihr weichen. Sie hatte Angst, in eine Falle zu tappen. Vielleicht war der Fuchs einfach der bessere Lügner. War es nicht immer so in den Märchen? Melina erinnerte sich an die Abende, an denen ihre Mutter ihr vorgelesen hatte. Wehmütig krampfte sich ihr Herz zusammen. Jede Zelle ihres Körpers sehnte sich nach ihrer Mutter und ihrem Vater. Ein schweres Seufzen drang aus ihrem Mund.

Picasso stupste sie neckisch an. Melina blickte auf, direkt in seine Augen, die sie so treuherzig anschauten, wie es einst Baron getan hatte. Was würde sie dafür geben, ihren Baron wiederzuhaben …

»Melina, fürchte dich nicht. Du bist ein sehr starkes Mädchen. Du wirst richtig handeln.« Picassos sanfte Stimme war so vertrauenerweckend, sein Blick schien so aufrichtig zu sein. Möglicherweise waren die Märchen falsch und der Fuchs war ein treuer Freund? Melina kaute auf ihrer Unterlippe.

»Du zweifelst?«, fragte Picasso.

»Wirst du mich in eine Falle locken?«, platzte es aus Melina heraus. Sie fühlte sich sofort eine Tonne leichter. Ihre Schultern sackten in sich zusammen. »Es tut mir leid«, schob sie zerknirscht nach.

»Es ist keine Falle«, erwiderte der Fuchs. »Aber ich werde dich in Gefahr bringen, das steht außer Zweifel.«

Ein dicker Kloß steckte in Melinas Kehle. Sie nickte langsam.

»Schau, es ist auch in meinem Sinne, dass die Hexe endlich aufhört, die Kinder zu entführen«, erklärte Picasso. »Denn für jedes Kind, dem sie etwas raubt, für jede Elfe, die sie verfüttert, stirbt ein Teil des Waldes. Und die Dunkelheit der Hexe breitet sich wie ein grauer Nebel aus. Nimmt uns Tieren den Platz zum Leben. Du wirst es sehen, wenn wir jenen Teil des Waldes betreten.«

Melina schlang die Arme um ihren Oberkörper. Ihre lebhafte Fantasie malte ein Bild der düsteren, sterbenden Landschaft, was ihr ein Frösteln verursachte.

»Wenn du dich bereit fühlst, dann kannst du mich rufen.« Der Fuchs stand auf und reckte sich, indem er die Vorderläufe nach vorne streckte und sein Hinterteil in die Höhe.

»Und wie kann ich dich rufen?«, fragte Melina.

»Indem du ganz fest an mich denkst. In Bildern. Sie werden zu mir herangetragen.«

»Durch die Bäume?«, fragte Melina neugierig.

»Durch den Atem der Welt, der uns alle verbindet.« Der Fuchs lächelte. »Bis bald!«

Ehe Melina es sich versah, war der Fuchs zwischen den Bäumen verschwunden.

12

Magie

Wie schon in den Tagen zuvor stand Melina vor dem gleichen Baum, dessen Wurzeln sie in die Höhe wachsen lassen sollte.

Aria flog wie ein großer Schmetterling vor ihr auf und ab. Mit sanften Worten versuchte sie, Melina zu leiten. Am Anfang hörte das Mädchen noch, was die Elfe sagte, aber dann schoben sich plötzlich Picassos Weisheiten darüber. Sie konnte seine beruhigende Stimme förmlich in ihrem Kopf hören. Plötzlich fiel es ihr leicht, sich vorzustellen, wie die Wurzeln sich aus dem Erdreich hoben. Und als sich ihre Mundwinkel bei der Vorstellung freudig nach oben zogen, gleichzeitig mit ihren Händen, hörte sie das Knarzen, hörte, wie sich die Erde ein wenig bewegte und dann ein freudiges Klatschen.

»Du hast es geschafft!«, rief Aria.

Jetzt erst öffnete Melina ihre Augen. Staunend klappte ihr Mund auf, als sie sah, wie der Baum drei seiner Wurzeln aus der Erde in die Höhe gezogen hatte.

»Bedank dich bei ihm«, soufflierte Aria in ihr Ohr.

»Danke, ähm, lieber Baum«, sagte Melina. »Du darfst deine Wurzeln wieder in die Erde senken.«

Augenblicklich reagierte der Baum.

Melina traten die Tränen in die Augen. Nicht nur, weil

sie stolz auf sich war, sondern vor allem, weil dieser alte, mächtige Baum auf sie gehört hatte. Sie verspürte Demut in sich.

»Ich freue mich für dich«, rief Aria. »Lust auf mehr Magie?«

Melina nickte. Und wie! Und so vergingen weitere Tage, in denen Melina immer besser und geübter wurde in der Magie und richtig Freude daran gewann. Als sie Aria bei einem Abendessen fragte, ob sie nun die Hexe suchen könne, meinte diese: »Nein, besser noch nicht. Gib dir noch ein, zwei Wochen Zeit.«

Melina war enttäuscht über die Worte der Elfe, sagte jedoch nichts. Am Abend lag sie in ihrem weichen Bett aus Moos und Blättern, gehalten von kräftigen Wurzeln. Die Decke aus Schafwolle hatte sie fast bis zur Nase hochgezogen, während sie den Blick zu den Sternen richtete, die zwischen den Ästen des Baumes hindurchschimmerten. Sie dachte an Picasso, erst nur kurz und flüchtig, dann immer stärker und schließlich mit dem klaren Wunsch, seine Hilfe zu bekommen, damit er sie zur Hexe führte. Und während sie noch, wie er ihr geraten hatte, in Bildern an ihn dachte, schlief sie ein, um wenig später von einer feuchten Nase angestupst zu werden. Einmal, dann ein zweites Mal, als sie nicht sofort reagierte.

»Melina«, flüsterte eine warme Stimme. Erneutes Stupsen.

»Picasso?« Das Mädchen setzte sich auf.

»Du hast mich gerufen«, sagte der Fuchs leise.

Melina nickte.

»Bist du bereit?«

»Ich beherrsche die Magie«, antwortete Melina wispernd. »Ich habe Angst, dass, wenn ich jetzt zögere, ich mich am Ende zu sehr fürchte, mich der Hexe zu stellen.«

Picasso bewegte seinen Kopf leicht auf und ab, als würde er nicken. »Dann ist es der richtige Zeitpunkt, zu gehen. Sei leise, damit die Elfen nicht erwachen. Sie würden dich sicherlich noch gerne in Sicherheit wissen.«

Bedächtig stand sie auf und folgte dem Fuchs bis zu der Glühwürmchenhöhle, durch die sie damals auf die Lichtung gekommen war. Melina konnte nicht sagen, wie viel Zeit seitdem verstrichen war. Es fühlte sich wie Monate an, aber in Wahrheit waren es vielleicht ein, zwei Wochen?

Dieses Mal fiel ihr auf, dass es in der Höhle verschiedene Abzweigungen gab. Picasso führte sie ohne zu zögern einmal nach rechts, dann nach links und schließlich hinaus in den Wald. Melina sah sich erstaunt um. Hier waren die Bäume größer und die Stämme so dick, dass sie sie unmöglich mit ihren Armen hätte umschlingen können. Hoher Farn wuchs in dichten Horsten und wetteiferte mit wilden Brombeersträuchern um den besten Platz. Zwischen den Bäumen und Sträuchern verlief ein Weg aus weißen Platten, der an einigen Stellen mit Moos und Flechten bedeckt war. Verwundert betrachtete Melina den offensichtlich von Menschenhand erschaffenen Weg. Picasso entging ihre gerunzelte Stirn nicht.

»Einst lebten hier Menschen. Die Silva Daoine. Sie bauten ihre Häuser in den Kronen der Bäume.« Der Fuchs richtete seinen Blick nach oben. Melina tat es ihm gleich. Jetzt glaubte sie, in dem dichten Laub etwas zu erkennen, das wie ein riesiges Baumhaus aussah.

»Sind sie vor der Hexe geflohen?«, fragte Melina.

»Nein, sie sind schon vor vielen, vielen Jahren verschwunden.«

»Wer waren diese Silvas?«, wollte das Mädchen wissen.

»Menschen, die sich noch mit den Pflanzen und Tieren verständigen konnten. Sie waren ein Teil des Waldes und der Wald ein Teil von ihnen, aber irgendwann spalteten sie sich davon ab, verließen den Wald ...« Picasso ließ dramatisch seine Stimme verklingen.

»Und sie sind nie wieder zurückgekommen?« Melina konnte kaum glauben, dass diese Menschen diesen wunderschönen Ort mit dem wilden Farn, den Beerensträuchern und den Blumen, die überall wuchsen, einfach aufgegeben hatten.

»Sie haben vergessen, woher sie gekommen sind«, erwiderte Picasso und leiser, mehr zu sich selbst als zu Melina. »Menschen vergessen so schnell.« Wehmut schien in der Stimme des Fuchses mitzuschwingen. Wehmut, die Melina nicht zu deuten wusste. Sie ließ weiter ihren Blick schweifen. Die Sonne schickte ihre warmen Strahlen zwischen den Bäumen hindurch. Melina sog den mittlerweile vertrauten Waldgeruch nach feuchter Erde und Harz tief in ihre Lungen ein. Sie hörte die Vögel zwitschern, das Rauschen der Bäume, während eine Mücke vorlaut an ihrem Ohr summte. Mit einer Handbewegung verscheuchte sie das kleine Tier.

»Als ich noch bei meinen Eltern war«, sagte Melina leise, »hatte ich immer den Eindruck, der Wald würde mich rufen. Und jetzt, wo ich hier stehe, fühle ich eine

Art Verbindung zwischen mir und ihm.« Melina lächelte. »Klingt verrückt, nicht?«

Picasso sah zu ihr hoch. »Nein, es ist die Wahrheit, kleine Daoine. Der Wald und du, ihr gehört zusammen. Alles ist eins, das darfst du nie vergessen.«

»Alles ist eins?«

»Alles«, bekräftigte der Fuchs. »Aber nun komm, du willst doch deinen Freund befreien, oder etwa nicht?«

Melina blinzelte. Sie fühlte sich, als wäre sie gerade aus einem Traum erwacht. Dieser Ort erschien erfüllt von alter Magie. Melina glaubte eine Art Vibration unter ihren Füßen zu spüren. Die Vibration von etwas Altem und sehr Starkem.

Picasso ging schnellen Schrittes den Weg entlang, der sich zwischen den Bäumen und Farnen hindurchwand. Melina folgte ihm. »Spürst du das auch? Die Bewegung unter dem Boden?«, fragte sie.

»Was?«, wollte der Fuchs wissen.

Melina holte ihn ein. »Die Vibration. Ich frage mich, ob es das ist, wovon die Elfen mir erzählt haben.«

»Und was haben sie dir erzählt?«

»Dass jeder Baum, jeder Pilz, einfach alles ver…« Melina verstummte. Die Worte der Elfe fügten sich mit jenen des Fuchses zusammen, so wie es einzelne Puzzleteile taten. »Nun verstehe ich.«

Picasso lächelte.

»Bin ich eine Nachfahrin der Silva Daoine? Du hast mich zuvor *kleine Daoine* genannt.«

Der Fuchs kicherte. »Und ich dachte, das sei dir entgangen, aber ich sollte es besser wissen, du bist ein sehr aufmerksames Kind. Ja, ich denke, in deinem Blut fließt jenes der Daoine. Deswegen hast du immer diesen starken Wunsch verspürt, in den Wald zu gehen. Deshalb fühlst du dich mit diesem Ort so verbunden.«

Melina lächelte breit. »Und kann ich deswegen mit den Tieren sprechen und die Elfen sehen?«

»Ja, aber vielleicht auch einfach, weil du ein ganz besonderes Kind bist«, sagte Picasso augenzwinkernd.

Schweigend setzten Melina und der Fuchs ihren Weg fort. Ein Weg, der sie immer tiefer in den Wald hineinführte und weiter weg von der Siedlung der Daoine. Und je tiefer sie in den Wald eindrangen, umso düsterer wurde es. Die Sonne vermochte kaum noch, ihre Strahlen zwischen den Ästen auf den Erdboden hinabzusenden. Nur ein schmaler Trampelpfad wand sich zwischen den Nadelbäumen hindurch. Moos wucherte an den Baumstämmen in die Höhe, und dann plötzlich begann sich die Vegetation zu verändern. Dunkel verfärbte Bäume ragten wie abgebrochene Zahnstocher aus dem Boden. Gerade so, als hätte ein grausamer Riese sie mit dem Daumen umgeknickt. Das Moos war hier nicht mehr saftig grün, sondern schmutzig braun. Ein kalter Schauer rieselte Melinas Rücken hinunter.

»Wohnt hier die Hexe?«, flüsterte sie.

Picasso drehte sich zu ihr um. »Ja, sie lässt den Wald sterben. Je länger sie hier lebt und je mehr Kinder und Elfen sie leiden lässt, umso schneller stirbt der Wald.«

Melina schlang die Arme um ihren Oberkörper. »Wie schrecklich.«

»Das kleine Mädchen ist immer noch hier?«, ertönte eine sonore Stimme und ließ Melina und Picasso zusammenfahren.

Die Büsche teilten sich und Aaron, der Wolf, trat hervor.

»Was hast du hier zu suchen«, knurrte Picasso, die Ohren nach hinten gelegt.

»Das könnte ich dich auch fragen, Meister Reineke.« Aaron grinste.

»Du hast uns erschreckt!«, sagte Melina vorwurfsvoll.

»Das wollte ich nicht«, erwiderte er, begann aber augenblicklich zu kichern. »Ach was, ich wollte es!«

»Hast du dich wieder mit der Hexe zu einem Plausch getroffen?«, giftete Picasso.

Aaron setzte sich hin, leckte gelassen eine Pfote, ehe er antwortete: »Und wenn schon.«

»Ist es dir egal, was mit dem Wald passiert?«, fragte Melina aufgebracht. Sie verstand das Verhalten des Wolfes nicht. Wie konnte er die Anwesenheit und die Taten der Hexe dulden?

»Ich bin kein Richter«, sagte Aaron. »Außerdem verstehe ich mich ganz gut mit Eske.«

»Ist das der Name der Hexe?«

Aaron warf Melina einen Blick zu, der sagte: *Echt, ist das jetzt deine Frage?*

Betroffen presste das Mädchen die Lippen aufeinander. Wie schon bei der ersten Begegnung verspürte sie Furcht vor dem Wolf.

Wenn ich mich schon vor ihm fürchte, wie wird es dann erst sein, wenn ich vor der Hexe stehe?, fragte Melina sich selbst. *Du wirst zittern vor Angst*, antwortete ihre innere Stimme. *Das will ich aber nicht!* Melina ballte entschlossen ihre Hände zu Fäusten.

»Du bist ein Angeber!«, platzte es aus ihr heraus. Sie

schob das Kinn vor und ließ den Wolf nicht aus den Augen.

Verdutzt blickte Aaron sie an.

»Ich weiß nicht, auf welcher Seite du stehst, aber ich lasse mich von dir nicht einschüchtern«, setzte sie nach.

Aaron stand auf und machte einen Schritt auf das Mädchen zu. Mit angehaltenem Atem blieb sie stehen. Er knurrte. Melina zuckte nicht zusammen. Daraufhin lächelte der Wolf, sehr zu ihrer Überraschung. »Ich stehe auf keiner Seite, weil es keine Seite gibt.« Sprachs und verschwand mit einem Satz im Gebüsch.

»Tja«, meinte Picasso versonnen. »Aaron war schon immer sehr eigenwillig.«

Melina blickte immer noch verdattert in die Richtung, in der Aaron verschwunden war. »Ich verstehe ihn nicht.« Sie schüttelte den Kopf.

»Ich auch nicht«, meinte der Fuchs. »Komm, lass uns weitergehen.«

Sie setzten einmal mehr ihren Weg fort. Melinas Herz wurde schwer. Der Wald veränderte sich immer mehr, das Braun wurde zu Grau, und mancherorts waren die Bäume fast schwarz wie heruntergebrannt. Brombeer-büsche wuchsen dafür in die Höhe wie Mauern um ein Gefängnis. Die einzelnen Stränge so dick wie Melinas Unterarm und die Dornen so lang wie ihre Hände. Irgendwann wucherten die Büsche über ihnen zu-sammen und bildeten gleichsam einen stacheligen Tun-nel. Melina schnupperte geräuschvoll und zog damit Picassos Aufmerksamkeit auf sich.

»Was ist?«, fragte er.

»Ich rieche gar nichts«, antwortete Melina mit

zusammengezogenen Brauen, während sie sich mit einer Hand an ihrer Nasenspitze zupfte, als würde sie ihrem eigenen Sinn nicht über den Weg trauen.

»Das liegt daran, dass es nichts zu riechen gibt. Was tot ist, hat keinen Geruch.«

»Aber die tote Maus, die Baron, mein Kater, einmal in meinem Kleiderschrank versteckt hat, die hat ganz schön gestunken und die war ziemlich tot«, widersprach Melina dem Fuchs.

»Nun, was wir hier vor uns haben, entstand aus schwarzer Magie, und was durch diese stirbt, hat keinen Geruch.«

»Ach so«, murmelte Melina. Gleichzeitig bekam sie in ihrem Magen ein beklommenes Gefühl, als würde eine Hand darin herumwühlen. Langsam, aber sicher wurde ihr bewusst, in welche Gefahr sie sich begab. Ihre Schritte verlangsamten sich automatisch und sie trat leiser auf. Sie wollte ihr Näherkommen nicht mit knirschenden Sohlen oder gar mit dem Brechen eines Astes ankündigen. Picasso, der schon gut zwei, drei Meter vorausgelaufen war, bemerkte dank seines feinen Gehörs, dass Melina ihm nicht so schnell folgte wie zuvor. Er blieb stehen und drehte sich zu dem Mädchen um.

»Was ist los?«, fragte er mit sanfter Stimme.

»Sie kann mir auch etwas wegnehmen, diese Hexe, nicht wahr? Und dann muss ich ihr dienen oder sie tötet mich sofort.« Wie angewurzelt stand Melina da, die Arme um sich geschlungen.

»Das hört sich an, als wäre dir zuvor nie klar gewesen, was geschehen kann.« Picasso blinzelte erstaunt.

Melina ließ die Arme sinken und rang ihre Hände.

»Ich … ja, doch, ich wusste es schon, aber dieser Teil des Waldes, er … es ist so viel Mutlosigkeit und Verzweiflung zu spüren.«

»Wie wahr, wie wahr«, stimmte Picasso ihr zu.

»Dir scheint es aber nichts auszumachen …« Misstrauen schlich sich in Melinas Herz. War der Fuchs ihr am Ende doch nicht wohlgesinnt? Machte er gemeinsame Sache mit Eske? Sie hoffte nicht. Der Gedanke war schrecklich, genauso schrecklich, wie von Alexis in einen Hinterhalt geführt zu werden, aber genau das hatte er getan.

Sie sprach ihren Zweifel aus.

»Lass uns dort drüben hinsetzen«, schlug Picasso vor. Er blickte zu einem Baum, von dem nur noch die Hälfte stand. Einst war er sicherlich sehr imposant gewesen. Sein Stamm war turmdick. Die Wurzeln ragten aus dem Boden hinaus wie dicke, fette Adern, die aber nicht mehr pulsierten, sondern so tot waren wie der Rest des abgestorbenen Riesen. Melina blickte sich sehnsüchtig um. Sie wünschte sich, die Bäume wieder grün zu sehen mit ihren vollen Laubkronen, den Nadeln an ihren Ästen. Sie wünschte sich, das Vogelgezwitscher und das Gezanke der Raben auch hier hören zu können.

Sie setzte sich auf ein Beet aus schwarzem Moos. Erst befürchtete sie, es könnte nass sein, aber das war es nicht. Es war ausgetrocknet, aber immer noch weich. Der Waldsauerklee, der hier wuchs, war ebenfalls braun verfärbt. Melina berührte ihn mitleidig mit den Fingerspitzen.

»Ich führe nichts Böses gegen dich im Schilde«, sagte Picasso und riss sie damit aus ihren Gedanken.

»Aber warum macht dir das hier nichts aus?«, wollte Melina wissen.

»Es macht mir etwas aus. Deswegen führe ich dich zur Hexe. Aber das, was du hier fühlst, das sind nicht deine Gefühle. Es sind die von anderen. Von den Bäumen, den Kindern, den Elfen und von Eske. Lass dich davon nicht beeinflussen. Woran hast du vorhin gedacht?«

Melina erzählte von ihrem Wunsch.

Der Fuchs lächelte. »Nimm diesen Wunsch in dein Herz. Denk daran, wie es sein wird, nicht daran, wie es jetzt ist. Das macht dich nur traurig. Wenn du aber das Bild in dir trägst, was aus diesem Wald wieder werden wird, dann stärkt es dich.«

Nachdenklich zupfte Melina an ihrer Unterlippe. »Du bist dir sicher, dass ich die Hexe besiegen werde?«

»Ja.«

Melina lächelte. »Danke.«

»Schließe die Augen«, forderte Picasso.

Das Mädchen folgte seiner Bitte.

»Und jetzt stell dir vor, wie der Wald sein wird. Höre die Stimmen des Waldes, rieche den Duft.«

Es dauerte einen Moment, bis in Melinas Fantasie die Bäume wieder wuchsen, der Klee ergrünte, die Vögel ihr Lied sangen und der vertraute und geliebte Geruch des Waldes in ihre Nase stieg. Das Bild erfüllte sie mit Ruhe, Vertrauen und Stärke. Als sie ihre Augen wieder öffnete, war sie zwar enttäuscht, den Wald immer noch tot zu sehen, aber es ängstigte sie nicht mehr so sehr. Sie bedankte sich bei Picasso.

»Bist du nun bereit für dein vermutlich größtes Abenteuer?« Er zwinkerte ihr zu.

Melina nickte. Sie stand auf.

Schweigend setzten sie ihren Weg fort, bis sie einen Tunnel aus schwarzen Rosen erreichten.

»Rosen?«, wunderte Melina sich.

»Eske mag sie, hat mir Aaron einst erzählt. Wenn wir das Ende dieses Tunnels erreichen, dann stehen wir auf der Lichtung, auf der sie wohnt.«

Melina schluckte einmal leer. Ihre Handflächen waren feucht. Das Herz wummerte hart in ihrer Brust.

»Gehen wir«, sagte sie mit brüchiger Stimme.

Der Tunnel schien nicht enden zu wollen. Melina glaubte schon, er würde vor ihren Augen zuwachsen und sie so verspotten.

Dann endlich näherten sie sich dem Ende. Melina schloss ihre Hände zu Fäusten. Gleich würde sie also der Hexe gegenüberstehen, und was dann?

»Melina, ab hier musst du allein gehen«, sagte Picasso leise.

»Was?!«

»Ab hier musst du allein gehen«, wiederholte der Fuchs.

»Aber wieso? Nein.« Melina stampfte entschieden mit dem Fuß auf.

»Ich kann dir nicht helfen …«

»Doch!«, widersprach das Mädchen. Sie beugte sich zu dem Fuchs hinunter. Picasso stupste mit dem Kopf ihre Hände an.

»Du kannst das ganz allein, das weiß ich.«

Panik keimte in Melina auf. Sie wollte nicht allein gehen.

»Bleib, bitte«, flüsterte sie heiser und ihre Finger krallten sich in das weiche Fell des Fuchses. Ihre Augen füllten sich mit Tränen.

»Vertrau mir, ohne mich wird es besser gehen«, sagte Picasso.

Melina sah den Fuchs direkt an, und obwohl ihr Herz immer noch hämmerte, so glaubte sie ihm, und ein Teil von ihr wusste: Er sprach die Wahrheit, auch wenn es jetzt noch keinen Sinn ergab.

»Ich habe dich lieb!«, flüsterte Melina und drückte ihr Gesicht an den Hals des Fuchses. Tränen nässten sein Fell.

»Ach, ach«, sagte Picasso sichtlich verlegen, und als Melina ihn aus der Umarmung freigab, leckte er ihr die Tränen von den Wangen, was das Mädchen mit einem lachenden »Igitt!« kommentierte.

»Hör auf dein Herz, Kleines«, sagte Picasso zum Abschied.

Melina sah ihm mit hängenden Schultern hinterher. Sie musste sich selbst gut zureden, um sich abzudrehen und schließlich hinaus auf die Lichtung zu treten.

13

Eske

*D*ie Lichtung war riesig. Ein großer Flecken Öd-
nis, von wabernden Nebelschwaben umgeben.
Melina fröstelte es, obwohl es eigentlich nicht kalt war.
Schützend schlang sie die Arme um ihren Oberkörper.
Ob Eske wusste, dass sie hier war? Melina atmete einmal
tief ein, um ihr wildes Herz zu beruhigen. Sie dachte an
die vielen Stunden, in denen Aria sie einfach hatte me-
ditieren lassen. Langsam beruhigte sich Melinas Herzschlag wieder. Sie löste ihre Arme und blickte auf ihre
Handflächen hinunter. Die Handflächen, die mittlerweile die Magie dirigieren konnten.

Wie Zahnstümpfe umringten tote Bäume die Lichtung. Melina blickte hinauf zu den wenigen Ästen, die
wie um Hilfe schreiende Menschen ihre Arme gen Himmel reckten. Spinnweben klebten zwischen ihnen und
glitzerten silbern vom Nebeltau.

Schritte waren zu hören. Jemand ging durch das am
Boden liegende Laub. Melina blickte in die Richtung,
aus der sie die Geräusche vernahm.

»Alexis!«, rief sie aus. Sie lächelte erfreut, obwohl sie
nicht im Frieden auseinandergegangen waren. Doch sie
war ihm nicht mehr böse. Sie war kein nachtragender
Mensch. Die Augen des Jungen weiteten sich, als er
sie sah. Er hob verblüfft beide Hände in die Höhe und

winkte aufgeregt. Es war klar und deutlich, was er ihr damit sagen wollte: *Verschwinde! Sofort!*

»Nein«, sagte Melina mit fester Stimme. »Außerdem wolltest du mich das letzte Mal doch auch hierherbringen.« Sie neigte den Kopf leicht zur Seite.

Alexis eilte mit schnellen Schritten auf sie zu. Er schüttelte den Kopf und nickte abwechselnd.

»Ich verstehe nicht«, sagte Melina mit zusammengezogenen Augenbrauen. »Aaron meinte …«

Alexis winkte mit wütend zusammengekniffenen Augen ab. Er packte Melina an den Schultern und stieß sie zurück.

»Ich gehe hier nicht weg!« Das Mädchen stemmte sich mit aller Kraft gegen Alexis. »Ich werde dich und all die anderen Kinder retten«, versprach sie. Da ließ der Junge sie los. Mit hängenden Schultern stand er traurig vor ihr.

»Glaubst du nicht an mich?«

In ihrer vereinbarten Gebärdensprache machte er ihr klar: »Die Hexe ist sehr mächtig!«

Melina wollte gerade antworten, als weitere Schritte erklangen. Erschrocken fuhr Alexis herum. Aus dem Nebel trat ein Mädchen von ungefähr fünfzehn Jahren mit langem, schwarzem Haar und dunklen Augen. Es trug ein schwarzes, wallendes Kleid, das den schlanken Körper umhüllte. Ihre Haut war so bleich wie die von Alexis. Ihr kirschroter Mund verzog sich zu einem Lächeln, als sie Melina erblickte.

»Du siehst deiner Mutter sehr ähnlich«, ließ das Mädchen verlauten.

Eine Gänsehaut kroch Melinas Rücken hinunter. »Eske?«, stieß sie heiser aus.

»Du kennst also meinen Namen?«

Melina konnte nur nicken. Sie hatte sich die Hexe ganz anders vorgestellt. Mal als alte, spitznasige Frau mit Warze am Kinn, mal als schlanke, alterslose, kühle Erscheinung, aber niemals als Jugendliche. Irgendwie schien niemand es für nötig gehalten zu haben, sie vorzuwarnen.

»Bist du gekommen, um mich zu vernichten?«, fragte Eske. Ihre Stimme war wunderschön, wenn auch etwas seltsam, irgendwie unpassend.

Melina sah zu Alexis. Er hatte seinen Kopf gesenkt, doch nun schien er ihren Blick auf sich zu spüren, denn mit Tränen in den Augen schaute er auf. In diesem Moment begriff Melina, dass die Hexe mit seiner Stimme sprach. Diese Erkenntnis fühlte sich an wie eine kalte Hand, die sich um Melinas Herz schloss. Es musste schrecklich sein, seine eigene Stimme jeden Tag aus dem Mund eines anderen zu hören und selbst stumm zu bleiben.

»Wie grausam von dir«, stieß Melina wütend aus. »Schämst du dich gar nicht?«

Eske sah sie ehrlich überrascht an. »Wofür?«

Das Mädchen zeigte auf Alexis. »Du hast ihm seine Stimme genommen!«

Nun lachte Eske auf.

Melina ballte ihre Hände zu Fäusten. Sofort spürte sie Wärme in ihnen. Die Wärme der Magie, mit der sie Eske töten würde. Sie hob ihre Hände in die Höhe und wollte gerade die Fäuste öffnen, als Wurzeln aus dem Boden schossen, Melinas Handgelenke umschlangen und sie nach unten zogen.

»Keine Lichtzauberei!«, herrschte Eske wütend. Die Wurzeln schlossen sich komplett um Melinas Hände wie Fäustlinge, nur nicht so warm und bequem. Im Gegensatz zu den wollenen Handwärmern konnte sie aber die Hände nicht öffnen.

»Ich habe die Wurzeln verzaubert«, erklärte die Hexe. »Du wirst keine Magie wirken können, solange sie deine Hände umschlingen.«

Hilfesuchend sah Melina zu Alexis, doch der stand mit hängendem Kopf und gesenkten Schultern da.

»Und jetzt folg mir!«

Melina klappte ihren Mund auf, um wütend zu fragen, wie das denn gehen sollte, als es einen Ruck an ihren Handgelenken gab, sich die Wurzeln vorwärtsbewegten und so das Mädchen mit sich zogen. Melina blieb nichts anderes übrig, als Eske nachzulaufen. Alexis trabte neben ihr her. Sie sah ihn an, während er wild und außer sich gestikulierte. Melina versuchte, ihn zu beruhigen.

»Ich werde Frenk und die anderen retten«, flüsterte sie. Nicht leise genug, um nicht von der Hexe gehört zu werden.

»Was gibt es hier zu tuscheln!« Eske fuhr herum. Ihre Augen funkelten wütend. »Du!« Ihr Zeigefinger richtete sich anklagend auf Alexis. »Du hättest sie mir schon vor Wochen bringen sollen.«

»Er kann nichts dafür!«, rief Melina. »Ich habe ihn durchschaut und bin weggerannt.«

»Weil er sich zu dumm angestellt hat«, knurrte Eske. An Alexis gewandt fügte sie ärgerlich hinzu: »Ich sollte dir noch etwas wegnehmen, aber bedauerlicherweise hast du nichts, was ich noch begehre. Glück gehabt.

Und jetzt husch, renn los und bereite alles vor. Husch, husch.«

Alexis gehorchte sofort.

Ein klammes Gefühl beschlich Melina. Sie wagte nicht sich auszumalen, was Alexis vorzubereiten hatte. Kaffee und Kuchen würden es wohl kaum sein.

»Was wirst du mit mir machen?«, fragte sie mit zittriger Stimme.

»Ich muss erst wissen, was du mir alles zu bieten hast«, erwiderte Eske. Sie neigte dabei ihren Kopf und taxierte das Mädchen kritisch.

»Was … Was siehst du?« Die Frage rutschte Melina heraus, obwohl sie es eigentlich gar nicht wissen wollte. Zu sehr fürchtete sie die Antwort. Eske drehte sich von ihr ab, ohne ihre Frage zu beantworten.

Sofort zogen die Wurzeln Melina weiter. Ihr Herz schlug immer schneller. Der Nebel begann sich zu lichten und gab die Sicht frei auf eine Art Haus, ein Iglu aus Ästen, Wurzeln und Blättern, doch alles war braun und schwarz. Es schien, als würde alles in Eskes Nähe sterben.

Tränen stiegen Melina in die Augen. *Auch ich werde sterben*, schoss es ihr durch den Kopf. *Ich bin ihre Gefangene, und ohne die Magie werde ich sie niemals besiegen.*

Die Tür des Hauses öffnete sich und Alexis kam heraus.

»Ist alles bereit?«, fragte Eske.

Der Junge nickte.

Melina verspürte blanke Angst. Die Wurzeln zogen Melina ins Innere der Hexenbehausung. Erstaunt öffnete sich der Mund des Mädchens. Im Haus war es hell.

Hunderte, vielleicht sogar Tausende von Glühwürmchen an der Decke und den Wänden spendeten Licht. In der Mitte des Raumes stand ein reich gedeckter Tisch.

»Überrascht?« Eske drehte sich zu ihrem Gast um.

Melina konnte nicht antworten. Sie hatte einen Kloß im Hals. Wollte die Hexe sie mästen und dann in den Backofen schieben wie bei *Hänsel und Gretel*? Ein kalter Schauer jagte ihren Rücken hinunter.

»Setz dich!«

Die Wurzeln zogen mit einem überraschenden und so kräftigen Ruck, dass Melina stolperte und der Länge nach zu Boden fiel. Ein Schmerzensblitz durchfuhr ihre Schultern.

»Kappt die Fesseln!«, herrschte Eske wütend.

Der Druck auf Melinas Schultern ließ nach. Es dauerte einen Moment, bis sie begriff, dass die Wurzeln, die sich um ihre Hände geschlossen hatten, nicht mehr mit dem Boden verbunden waren.

»Steh auf!«, forderte die Hexe.

Weinend richtete sich Melina mühsam auf.

»Setz dich und hör auf zu flennen!« Eske nahm an der einen Stirnseite des Tisches Platz, Melina an der anderen.

»Wa… Was hast du vor?«, schluchzte das Mädchen.

»Wir werden gemeinsam essen«, sagte Eske schlicht.

Verwundert blickte Melina ihr Gegenüber durch einen Schleier von Tränen an. »Warum?«

»Weil ich Hunger habe. Los, Alexis, hilf dem Kind zu essen.«

»Ich habe keinen Hunger.«

»Du wirst essen.«

»Ich will nicht.«

»Das interessiert mich nicht. Iss oder ich werde dich bestrafen.«

Melina sah hilfesuchend zu Alexis. Dieser war dabei, ihr Suppe in den Teller zu schöpfen. Eine Suppe, die verführerisch würzig roch.

»Willst du mich essen?«, fragte Melina.

Eske lachte schallend. »Ich esse kein Menschenfleisch, aber ja, ich will, dass du bei Kräften bleibst. Kein Kind, das je zu mir kam, musste verhungern.«

»Aber du hältst sie gefangen und tötest die Elfen für den Vollmondstein.«

Eske hörte ihr zu, eine Augenbraue hochgezogen. »Wer hat dir das erzählt?«

»Die Elfen.«

»Soso«, war alles, was die Hexe sagte.

Alexis füllte inzwischen ihren Teller mit Suppe. »Der Junge kann sehr gut kochen«, erklärte Eske.

Melina sah auf ihre Hände, die auf der Tischplatte ruhten. Sie waren immer noch von den Wurzeln umschlossen. Sie hob sie in die Höhe. »So kann ich nicht essen.«

»Alexis, füttere sie!«

Der Junge nickte und eilte sofort zu Melina. Wie eine Mutter, die ein kleines Kind versorgt, streckte Alexis ihr den Holzlöffel hin. Melina hielt ihren Mund geschlossen. Sie befürchtete, die Hexe könnte sie vergiften. Als ob Eske ihre Gedanken gelesen hätte, lachte sie auf. »Na los, iss! Es wird dir nichts passieren. Sieh her.« Und wie zum Beweis begann sie selbst, eilig die Suppe in sich hineinzuschaufeln. Melina sah ihr fasziniert zu. Als Eske aus dem Nebel getreten war, hatte sie zwar wahrgenommen, dass sie höchstens fünfzehn Jahre alt war, doch dann hatte sie es wieder vergessen. Die Hexe war ihr älter vorgekommen, obwohl sich an ihrem Äußeren nichts geändert hatte. Nun aber, so wie sie die Suppe löffelte, wirkte sie auf Melina wieder wie ein Teenager, verletzlich und zornig zugleich. Unerwartet verspürte Melina Mitgefühl für die Hexe. Alexis schob den Löffel in ihr Sichtfeld. Sie sah ihn an und er blickte fragend zurück. Sie hätte ihm gerne mit Handzeichen zu verstehen gegeben, dass sie mehr über Eske erfahren wollte, aber durch die zusammengebundenen Hände war ihr das unmöglich. Frustration machte sich in ihr breit. Wie sollte sie hier etwas bewirken können ohne die Magie, die sie erlernt hatte?

Das Scheppern eines fallen gelassenen Löffels ließ Melina zusammenzucken.

»Was ist?«, rief Eske. Ihre Augen funkelten wild.

»Ich … Ich …«, stotterte Melina mit einem Seitenblick auf Alexis. »Ich habe mich gefragt … Also, du bist eine so junge Hexe.«

Eske lachte. »Dir sollte klar sein, dass ich älter bin als deine Eltern. Als deine Mutter hierherkam, war sie im gleichen Alter wie du.«

»Was ist damals geschehen?«, fragte Melina.

»Sie wollte mich töten und wie du siehst, ist es ihr nicht gelungen.« Ein selbstzufriedenes Lächeln machte sich auf Eskes Gesicht breit.

»Die Elfen sagen, du hättest meine Mutter fast umgebracht.«

Die Hexe zuckte mit den Schultern. »Ihr Glück, mein Pech. Und jetzt iss, kleine Melina!«

Das war Alexis' Stichwort, wieder mit dem Löffel vor Melinas Gesicht herumzufuchteln. Das Mädchen gab sich geschlagen und ließ sich füttern. Eske hatte nicht übertrieben, als sie Alexis' Kochkünste lobte. Die Suppe schmeckte köstlich.

Während Melina aß, zerbrach sie sich den Kopf, wie sie sich retten konnte, aber es fiel ihr nichts ein. Irgendwie musste sie auf eine Gelegenheit warten, bei der sie Alexis begreiflich machen konnte, dass er ihr helfen sollte, diese Wurzeln von den Händen zu bekommen. Vielleicht ließen sie sich aufbrechen? Vielleicht aber konnte sie trotzdem zaubern, und es war nur ein Bluff der Hexe?

»Willst du den Vollmondstein sehen?«, fragte Eske unvermittelt.

Statt zu antworten, fragte Melina: »Wo ist Frenk?«

»Ist das ein Freund von dir?«

Melina nickte.

Eske lächelte breit. »Ein erstaunlicher Junge.«

»Hast du ... Hast du ihm etwas geraubt?« Melina richtete sich kerzengerade auf und rutschte nach vorn bis an die Stuhlkante.

»Ja.«

»Was hast du ihm genommen?«, flüsterte Melina heiser.

»Seine Großzügigkeit. Du verdankst ihm meine Gastfreundschaft.« Eske lachte erneut. »Es fühlt sich gut an.«

Melina spürte einen kalten Schauer ihren Rücken hinunterrieseln. Sie blickte wieder zu Alexis, mit dessen Stimme Eske sprach.

»Du hättest ihn singen hören sollen, früher«, sagte die Hexe. »Wunderschön. Eigentlich wollte ich so singen

wie er, aber trotz seiner Stimme gelingt es mir nicht.«
Eske verzog frustriert ihr Gesicht. »Ich habe noch nicht
herausgefunden, woran es liegt.«

»Warum stiehlst du alles?«, fragte Melina. »Ist es nicht
seltsam, Dinge von anderen zu besitzen?«

Eske lehnte sich im Stuhl zurück, die Arme vor der
Brust verschränkt. »Warum willst du das wissen?«

»Na ja, ich verstehe es nicht. Ich würde nicht mit der
Stimme von jemand anderem reden wollen, ich stelle
mir das merkwürdig vor.«

»Es ist nicht merkwürdig«, erwiderte Eske. »Im Gegenteil, ich habe alles so, wie es mir gefällt.«

»Aber du kannst nicht so schön singen, wie Alexis es
konnte.«

»Noch nicht, aber irgendwann wird es mir gelingen.
Vielleicht mit dir.« Eske legte ihren Kopf etwas schräg,
musterte ihr Gegenüber eindringlich. Melina fühlte sich
unbehaglich unter ihrem Blick.

»Was willst du von mir?«, fragte sie, obwohl sie sich vor
der Antwort fürchtete.

»Dein Herz!«

Melina hatte das Gefühl, als würde sich unter ihr der
Boden öffnen und sie in ein dunkles Nichts hinein-
ziehen. »Aber … Aber dann sterbe ich.«

»Vermutlich.«

»Ich möchte aber nicht sterben«, schluchzte Melina auf.

»Heul nicht!«, herrschte Eske sie an. »Ich vertrage es
nicht, Tränen zu sehen. Es ist einfach nur widerlich.« Und
an Alexis gewandt befahl sie: »Bring sie zu den anderen.«

Der Junge ohne Stimme nickte. Er ergriff Melina sanft
am Arm. Diese riss sich von ihm los. »Nein!«

»Du hast hier nichts zu sagen und zu bestimmen«, zischte Eske. »Los, folg Alexis oder ich werde dir Beine machen.«

Melina gab klein bei. Mit hängenden Schultern folgte sie Alexis nach draußen. Kaum hatten sie das Haus verlassen, flüsterte Melina: »Kannst du mich davon befreien?« Sie hob die Hände in die Höhe.

Alexis schüttelte betrübt den Kopf.

»Aber es muss doch einen Weg geben«, überlegte Melina laut. »Irgendetwas …« Nachdenklich runzelte sie die Stirn.

Alexis tippte ihr mit den Fingerspitzen auf den Unterarm, um ihr zu verstehen zu geben, dass sie ihm folgen solle. Als sie aufblickte, winkte er energisch. Seufzend ging sie mit ihm.

Er führte sie hinter das Haus, wo sich ein überdachter Käfig befand. Melinas Herz sackte in den Bauch, als sie die Kinder darin sah. Fünf Stück zählte sie. Darunter auch Frenk.

»Melina?« rief jener und riss erstaunt die Augen auf.

»Frenk …« Melina wusste nicht, was sie sagen sollte. Sein Anblick erschreckte sie. Dunkle Schatten lagen unter seinen Augen, die Wangen waren eingefallen, das Haar fettig.

»Was machst du hier?«, fragte er.

»Ich wollte dich und die anderen retten, aber jetzt bin ich selbst eine Gefangene.« Sie hob ihre Hände in die Höhe, damit Frenk sehen konnte, was sie meinte.

»Was ist das?«

Rasch erklärte sie ihm, was vorgefallen war. Fassungslos hörte er ihr zu, während Alexis unruhig hinter ihr auf und ab ging. Als sie mit ihrer Erzählung fertig war und Frenk sie sprachlos anstarrte, drehte sie sich zu dem stummen Jungen um.

»Was ist?«, fragte sie etwas ungehalten. Sofort begann Alexis zu gestikulieren.

»Was sagt der Verräter?«, schnappte Frenk wütend und die anderen Kinder murrten.

»Er soll mich zu euch stecken, aber er will nicht. Er sagt, ich soll fliehen.«

Frenk warf Alexis einen vernichtenden Blick zu. »Vielleicht ist es ein Trick.«

Alexis schüttelte energisch den Kopf.

»Trau ihm nicht«, sagte ein blondes Mädchen mit Stupsnase. »Er dient ihr und hofft darauf, Eske würde ihm aus Dankbarkeit seine Stimme zurückgeben.«

»Ist das wahr?«, verlangte Melina zu wissen.

Alexis' Kinn senkte sich Richtung Brust.

»Er ist ein Verräter«, zeterte ein anderes Kind. Ein Junge im gleichen Alter wie Melina, mit braunem Haar und schmalen Lippen. Er sah aus, als wäre er schon sehr lange in Gefangenschaft. Dünn war er, und er hatte die traurigsten braunen Augen, die Melina je gesehen hatte. Doch das Schrecklichste an seinem Anblick war die fehlende Nase. Dort, wo sie hätte sein sollen, war nur eine vernarbte Wunde. Mitleid ließ ihr Herz sich schmerzlich zusammenziehen.

»Vielleicht können dir die Elfen helfen«, meinte Frenk. »Lauf zu ihnen.«

Alexis nickte eifrig. Gleichzeitig packte er Melina am Unterarm und zerrte an ihr, um ihr zu bedeuten, sie solle losrennen.

»Aber was passiert mit dir?«, fragte sie besorgt.

Alexis zuckte mit den Schultern, um gleich darauf eine abwinkende Geste zu machen, die so viel sagen mochte wie: *Es spielt keine Rolle.*

Melina dachte kurz nach, dann sagte sie mit entschlossener Stimme: »Sperr mich ein.«

Ungläubig schaute Alexis sie an. Die Kinder im Käfig brachen in einen Tumult aus. »Hol Hilfe!«, riefen sie unisono.

»Spinnst du!«, rief Frenk. »Flieh, so lange du noch kannst.«

Melina schüttelte entschieden den Kopf und mit jedem Schütteln spürte sie, wie ihre Beine stabiler und verwurzelter mit dem Boden wurden. Sie tat das Richtige, egal wie verrückt es war. Sie wusste es mit einer solch absoluten Sicherheit, wie sie sie selten zuvor in ihrem Leben verspürt hatte.

»Ich bleibe.«

Alexis grummelte und rang die Hände, ehe er die Tür öffnete. Melina betrat den Käfig. Alexis sah sie fragend an. *Meinst du es wirklich ernst?*, schien er zu fragen.

»Es ist mein voller Ernst«, sagte sie zu ihm, worauf er resignierend die Tür verschloss.

Die Kinder im Käfig murrten.

Als Alexis sich abdrehen wollte, rief Melina: »Warte!«

Mit einem fragenden Gesichtsausdruck wandte sich der Junge ihr zu.

»Was weißt du über Eske?«

Alexis zuckte mit den Schultern.

»Erzähl mir von ihr.«

»Melina, er kann nicht reden«, kam es von Frenk, der dicht hinter ihr stand.

»Alexis und ich haben eine Zeichensprache entwickelt.«

»Wann?«, fragte Frenk. »Das klingt, als hättet ihr Zeit miteinander verbracht.«

»Er … Wir haben uns am Fluss bei mir zu Hause getroffen und wurden Freunde«, antwortete Melina.

Frenk stieß abschätzig die Luft aus. »Ausgerechnet mit diesem Verräter!«

Melina presste betroffen die Lippen zusammen.

Alexis wedelte heftig mit den Händen, um auf sich aufmerksam zu machen.

»Was meint der Verräter?«, wollte Frenk wissen.

Melina runzelte die Stirn. Alexis wiederholte die Abfolge der Zeichen.

»Es tut ihm leid«, übersetzte Melina. »Er würde der Hexe nicht mehr helfen. Es sei ihm nun egal, was mit ihm passiert.«

»Blabla«, kommentierte Frenk. »Ich glaube dem nichts mehr. Rien de plus.«

Die anderen Kinder stimmten ihm zu.

Alexis' Schultern sanken nach unten. Seine Mundwinkel zuckten, während sich seine Augen mit Tränen füllten. Rasch wandte er den Blick ab.

»Ich glaube dir«, sagte Melina.

Alexis sah auf. Eine Träne rollte über seine Wange, die er hastig mit dem Ärmel seines Pullovers wegstrich.

»Don't trust him«, riet Frenk.

Melina drehte sich ihrem Klassenkameraden und den anderen Kindern zu. »Ich vertraue ihm und ihr könnt es auch. Ich bin ganz sicher. Außerdem, welche Wahl haben wir sonst?«

»Er könnte uns alle freilassen«, zischte Frenk.

Alexis schüttelte den Kopf und machte ein paar Gesten.

»Das sei zu riskant«, interpretierte Melina. »Außerdem muss er sich beeilen, den Schlüssel zur Hexe zurückzubringen.«

Frenks Kopf sank mutlos auf seine Brust. »Du solltest fliehen, Melina«, brummte er. »Now!«

»Ich bleibe bei euch. Ich werde einen Weg finden«, sagte sie, obwohl sie noch keine Ahnung hatte, wie sie es anstellen sollte.

»Erzähl mir bitte von Eske«, bat sie Alexis erneut.

Er verlagerte unruhig das Gewicht von einem Bein auf das andere. Dann machte er das Handzeichen für Warten und ging davon.

»No help! Siehst du. Er geht einfach«, lamentierte Frenk.

Melina wagte nichts zu erwidern. Ein Teil von ihr war fest davon überzeugt, dass Alexis zurückkommen würde. Der andere Teil hatte Zweifel.

Doch dann tauchte der Junge ohne Stimme wieder auf und begann mit Gebärden zu erzählen, was Eske ihm angetan hatte. Es dauerte lange und manchmal musste Melina nachfragen, ob sie ihn richtig verstanden hatte.

Eske hatte ihn in den Wald gelockt. Sie hatte versprochen, ihm die Magie zu zeigen und den wundersamen Vollmondstein. Alexis war neugierig und naiv gewesen. Er hatte das Mädchen sympathisch gefunden und sich geschmeichelt gefühlt, dass sie ihm etwas vorführen wollte, das sie sonst vor allen im Verborgenen hielt.

Eske führte ihn tief in den Wald hinein, bis zu der Stelle, wo die Bäume anfingen zu sterben.
Sie brachte Alexis zu einer mächtigen Eiche, die nicht

einmal ein Erwachsener mit seinen Armen hätte umgreifen können.

Sie machte wischende Handbewegungen, bis sich die Erde zwischen den Wurzeln des Baumes öffnete. Darin lag der Vollmondstein. Ein pulsierendes Etwas. Alexis war erschrocken und fasziniert zugleich.

»Dieser Stein ist magisch«, erklärte Eske.

»Er sieht nicht aus wie ein Stein«, bemerkte er trocken. Sein Herz schlug ihm bis zum Hals.

»Er lebt mehr als jeder andere Stein. Außerdem kann er zaubern.« Eske grinste. Ein Grinsen, das Alexis einen Schauer den Rücken hinuntertrieb. Eine leise Stimme in seinem Inneren riet ihm zu gehen, aber er blieb.

»Singst du ein Lied für mich?«, fragte Eske. »Du hast so eine schöne Stimme.« Etwas Süßes, Schmeichelndes lag in ihren Worten, und ihr Gesichtsausdruck war plötzlich weicher, fast betrübt. Alexis verspürte Mitgefühl für Eske.

»Wohnst du hier allein?«, fragte er.

Sie nickte. »Manchmal fühle ich mich einsam und traurig. Wenn du ein Lied für mich singst, würde es mich erheitern.«

Erheitern, ein Wort, das Alexis nur aus Büchern kannte, die er manchmal las. Romane, in denen Könige und Drachen eine Rolle spielten und tapfere Ritter.

Er kratzte sich am Kopf, dachte nach und stimmte schließlich ein Lied an, das er gerne sang. Verzückt hörte Eske ihm zu. Er fühlte sich ermutigt und legte noch mehr Inbrunst in seinen Gesang.

Eske machte eine seltsame Handbewegung, als würde sie eine Art unsichtbare Brücke zwischen ihm und

dem Stein schaffen, der plötzlich aufglühte. Schwarzer
Nebel stieg zwischen den Wurzeln empor. Alexis brach
den Gesang ab. Er bekam es mit der Angst zu tun und
wollte wegrennen. Doch Wurzeln schlangen sich um
seine Fußknöchel. Alexis fiel der Länge nach hin auf
den Boden. Die Luft entwich aus seinen Lungen. Der
Nebel umhüllte ihn, drängte sich in jede Pore seiner
Haut. Alexis schrie, bis seine Stimme für immer ver-
stummte.

Melina spürte kaum, dass bittere Tränen ihre Wangen
hinunterliefen. Alexis wischte sich mit dem Ärmel seines
schwarzen Pullovers über die Nase. Melina hätte gerne
nach seinen Händen gegriffen und sie gedrückt, aber das
konnte sie nicht. Also blieben ihr nur tröstende Worte:
»Ich werde dir deine Stimme zurückgeben.«
Alexis sah zweifelnd auf.
Melina räusperte sich und fügte an: »Na ja, ich werde
es zumindest versuchen ...«
»Stummer Junge!«, rief Frenk. »Let us out!«
Melina drehte sich zu ihm um.
»Bedräng ihn nicht. Ich werde einen Weg finden, ver-
trau mir und hab noch etwas Geduld.«
Frenk verschränkte düster dreinblickend die Arme vor
der Brust und auch die anderen Kinder schauten böse.
Alexis stupste sie sanft an und nickte. Dann gab er ihr
mit Handzeichen zu verstehen, dass er an sie glaubte.
Melina erlaubte sich ein schmales Lächeln.

14

Ärger

ie Zeit im Käfig nutzte Melina, um sich um-
zusehen. Sie ließ ihren Blick über die Lichtung
schweifen. Suchte nach der Eiche, von der Alexis erzählt
hatte, und wartete sehnsüchtig darauf, ihn zu fragen,
welche es denn war, aber er ließ sich nicht mehr sehen.

Irgendwann, als sie das Getuschel der anderen Kinder
nicht mehr ertrug, weil sie sich ausgeschlossen fühlte,
wandte sie sich ihnen zu.

»Es tut mir leid, wenn ich etwas mache, das merkwürdig erscheint«, setzte sie an. Verärgerte Blicke trafen
sie wie Dolchstöße. »Aber ich glaube, es ist das einzig
Richtige. Fragt mich nicht wieso, aber es ist ein sehr
starkes Gefühl in mir.«

»Spar dir dein Geschwafel!« Ein Mädchen ohne Haare
trat auf sie zu. Sie war dünn und ihr Gesicht schmutzig,
die Kleider zerlumpt. »Du hast uns die einzige Chance,
hier zu entkommen, versaut. Wegen dir werden wir zu-
grunde gehen.«

»Sie will mein Herz«, rutschte es Melina heraus und
ihr Kinn senkte sich Richtung Brust.

»Dann bist du wirklich noch dümmer, als ich dachte.« Das Mädchen lachte schallend. »Ohne Herz wirst
du sterben!«

»Ich weiß«, murmelte Melina ohne aufzusehen.

»Lass sie, es hat keinen Sinn«, sagte ein anderes Mädchen, das sich langsam tastend nach vorne bewegte. Melina schrak zusammen, als sie sah, dass es keine Augen mehr hatte. Dort, wo sie einst gewesen waren, gab nur noch schwarze Löcher. »Wir müssen uns damit abfinden, dahinzusiechen und irgendwann zu sterben«, sagte das Mädchen ohne Augen resigniert.

Melina gefror das Blut in den Adern. Zweifel krochen in ihre Gedärme, wanden sich wie eine Schlange. Hatte sie die falsche Entscheidung getroffen? Sie wünschte sich, ihre Mutter oder ihr Vater wäre da, um ihr zu helfen. Oder die Elfen. Aber hätten die Elfen die Macht, etwas gegen Eske auszurichten, dann hätten sie es sicher schon längst getan.

»Plötzlich bist du dir nicht mehr so sicher, was?«, kam es von dem Mädchen ohne Haare.

Melina hielt den Blick gesenkt.

»Du hast Scheiße gebaut, gib es zu!«, rief das Mädchen.

Melina war den Tränen nah.

»Stop it!«, rief Frenk. »Ihr seid gemein!«

Melina war ihm dankbar, aber als sie aufsah, erkannte sie in seinem Gesicht nur Hoffnungslosigkeit.

»Es tut mir leid!«, flüsterte sie und ein Schluchzen zerriss ihre Kehle. Plötzlich herrschte betroffene Stille.

»Mir tut es auch leid«, sagte das Mädchen ohne Haare schließlich. In ihrer Stimme lag etwas Versöhnliches. Melina nickte erleichtert. Sie wollte sich die Tränen wegwischen, aber weil ihre Hände immer noch in den Wurzeln gefangen waren, blieb ihr nichts anderes übrig, als zu warten, bis sie als salzige Straßen auf ihrer Wange trockneten.

»Weiß jemand von euch, wo der Vollmondstein liegt?«, fragte sie. Plötzlich war ihr der Stein wieder in Erinnerung gekommen, und da sie nicht wusste, wann Alexis wieder auftauchen würde, versuchte sie ihr Glück bei den anderen Kindern.

»Unter dem einzigen Baum, der nicht tot ist«, kam es von Frenk. »Warum fragst du?« Er trat an das Gitter heran und Melina stellte sich dicht neben ihn. Sie sah sich nach allen Seiten um, um ganz sicher zu sein, dass Eske sich nicht näherte.

»Wenn ich den Stein hätte, dann könnte ich vielleicht euch allen eure ... eure ...«, sie suchte nach dem passenden Wort, »eure ... Dinge zurückgeben.«

»Aber wie willst du das anstellen?«, fragte das Mädchen ohne Augen.

Melina hob ratlos die Schultern, dann erinnerte sie sich, dass das Mädchen es ja gar nicht sehen konnte. »Ich weiß es noch nicht.«

Erneut legte sich betroffene Stille über die Kinder, hüllte sie ein wie ein kalter Nebel, der sie frösteln ließ.

»Na, na, na, warum schaut ihr alle so traurig? Alexis und ich bringen doch euer Abendessen«, ertönte es plötzlich. Es war Eske und sie kicherte.

Melina fragte sich, wie jemand so böse und schadenfroh werden konnte.

Alexis schleppte einen Kessel, aus dem Dampf aufstieg. Fünf Kellen hingen daran. Der Kessel war sichtlich schwer, denn Alexis' Muskeln an seinen Armen traten deutlich hervor und er ging etwas gebeugt.

Eske schloss den Käfig mit einem Schlüssel auf, den sie an einer Kette um ihren Hals trug. Alexis schob sich an ihr vorbei, stellte schnell den Kessel ab, als befürchtete er, die Kinder könnten über ihn herfallen.

Melinas Magen knurrte, als sie sah, wie die Kinder sich um den Eimer scharten und nach den Kellen griffen.

Eske trat an den Käfig heran. Ihre Lippen waren zu einem Grinsen verzerrt. »Du isst mit mir«, sagte sie zu Melina. »Alexis wird dich wieder füttern.« Sie winkte das Mädchen zu sich heran.

»Los, komm!«, herrschte Eske, als Melina nicht sofort reagierte.

Melina trat zögernd aus dem Käfig heraus. Die Hexe sperrte sofort wieder die Tür hinter ihr.

»Wann raubst du mein Herz?«, fragte Melina.

»Noch nicht heute«, antwortete Eske prompt. »Sonst würde ich mir das Essen sparen.« Sie lachte spöttisch. »Wobei …« Sie drehte sich um, tippte sich nachdenklich mit dem Zeigefinger ans Kinn, während sie Melina musterte. »Vielleicht lebst du ja auch weiter, so wie es die anderen Kinder tun. Einfach ohne Herz. Die Magie des Vollmondsteines ist sehr mächtig.«

Melina schluckte leer. Sie wusste nicht, welche Vorstellung schrecklicher war: zu sterben oder ohne Herz weiterzuleben.

»Warum bist du so gemein?«, fragte Melina. Die Worte rutschten einfach so aus ihrem Mund. Als sie begriff, was sie eben gesagt hatte, presste sie ihre Lippen erschrocken aufeinander und zog den Kopf ein. Sie machte sich auf einen Wutanfall oder eine Niederträchtigkeit gefasst, aber nichts dergleichen kam. Eske starrte sie einfach perplex an. Dann drehte sie sich abrupt auf dem Absatz um und ging in ihr Haus. Alexis, der bisher hinter Melina gestanden hatte, trat neben sie. Fragend sah er sie an. Sie zuckte mit den Schultern und Alexis schüttelte den Kopf, ehe er sie sanft am Arm berührte, um ihr damit zu verstehen zu geben, dass sie Eske ins Haus folgen sollte. Melina seufzte, gehorchte aber seiner Aufforderung.

Die Hexe saß bereits am Tisch und wartete. Melina nahm auf ihr Geheiß auf dem gleichen Stuhl Platz wie schon am Mittag.

Alexis schöpfte Suppe und stellte erst eine Schüssel vor Eske auf den Tisch, dann vor Melina. Die Aussicht, gleich wieder von ihm gefüttert zu werden, widerstrebte dem Mädchen. Außerdem kribbelten ihre Hände unangenehm. Sie waren schon viel zu lange von den Wurzeln umschlungen. Sie hob sie deshalb in die Höhe, sodass Eske sie sehen konnte. »Kannst du mich nicht wenigstens für kurze Zeit davon befreien?«

»Damit du einen Schlag gegen mich ausführen kannst?« Eske sah sie finster an.

Melina verneinte entschieden. »Ich werde nichts tun. Versprochen.«

Die Hexe neigte misstrauisch ihren Kopf.

»Ich schwöre es«, bekräftigte Melina und fügte an: »Außerdem bis du vermutlich ohnehin mächtiger. Schließlich hast du damals meine Mutter fast getötet.«

Eske senkte ihren Blick, ergriff den Löffel und begann zu essen, ohne etwas zu erwidern.

Melina ließ die Hände zurück auf den Schoß sinken. Alexis streckte ihr einen Löffel Suppe hin. Sie lehnte ab.

Eske bemerkte es. »Was soll das? Warum willst du nicht essen?«

»Ich möchte selbst essen. Meine Hände sind schon

ganz taub«, klagte Melina. »Ich werde wirklich keine Magie wirken.«

Eskes Mundwinkel zuckten unentschlossen.

»Na schön«, seufzte sie schließlich. »Ach, das muss die Großzügigkeit dieses Jungen sein«, schnaubte sie, bevor sie eine Handbewegung ausführte und die Wurzeln verschwinden ließ.

»Danke«, flüsterte Melina und bewegte ihre Finger, dann schloss und öffnete sie ihre Fäuste. Es war ein herrliches Gefühl, deshalb sagte sie nochmals: »Danke.«

Eske ließ sie nicht aus den Augen. Sie schien bereit zu sein, falls Melina ihre Magie anwenden würde, aber jene hatte wirklich nicht vor, davon Gebrauch zu machen. Es war ihr zu riskant. Sie wusste zudem nicht, welchen Zauber sie wirken sollte.

»Jetzt iss!«, befahl die Hexe.

Melina gehorchte. Sie griff nach dem Löffel und begann zu essen. Langsam, denn sie wollte die Freiheit möglichst lange genießen.

Alexis nahm sich ebenfalls eine Schüssel und setzte sich an den Tisch. Fast wie eine kleine Familie saßen sie da. Melina dachte an ihre Eltern. Ihr Herz wurde schwer. Womöglich würde sie ihre Mutter und ihren Vater nie wiedersehen. So wie die anderen Kinder ihre Eltern nie wiedersehen würden. Als sie sich vorstellte, wie traurig die Mütter und Väter der anderen sein mussten, wurde sie sich erneut der Grausamkeit von Eske bewusst.

»Wieso?«, fragte sie leise. Aber nicht leise genug, denn die Hexe wollte wissen: »Was meinst du?«

»Ich verstehe einfach nicht, warum du das alles tust.

Wie kannst du diesen Kindern einfach die Augen nehmen, die Stimme, die Haare …?«

Eske lehnte sich vor. »Warum stellst du so viele Fragen?«

»Ich möchte es einfach verstehen«, antwortete Melina. Sie erwiderte tapfer den Blick der Hexe. »Wenn ich dir schon mein Herz gebe, dann möchte ich wissen, wer es mir nimmt und warum. Ich denke, dieses Recht habe ich.«

Eske lachte. »Du bist eigentlich nicht in der Position für solch große Worte.«

»Wo sind deine Eltern?«, fragte Melina. »Warst du hier schon immer allein im Wald? Woher kommst du?«

»Meine Eltern waren schreckliche Menschen«, knurrte Eske. »Sie haben mich einfach weggegeben. Ausgesetzt wie einen räudigen Straßenköter. Ich bin in einem Heim aufgewachsen; mit anderen Kindern, die sich über mich lustig gemacht haben, über mein Aussehen …« Die Hexe verstummte. Einen schrecklichen Moment starrte sie einfach ins Leere und machte Melina Angst, die sich an der Tischplatte festklammerte, den Atem angehalten.

Plötzlich blinzelte Eske und kehrte wieder zurück, von wo auch immer sie gewesen war. »Iss!«, sagte sie mit rauer Stimme.

Melina fügte sich unverzüglich, und während sie aß, kreisten ihre Gedanken um Eskes Vergangenheit. Wie hatte sie wohl ausgesehen? Wie hatte ihre Stimme geklungen? War sie so hässlich gewesen, dass es keine andere Lösung gab, als den Kindern ihre schönsten Eigenschaften zu rauben?

»Du bist anders als deine Mutter«, sagte die Hexe unvermittelt.

Überrascht sah Melina auf. Die Brauen fragend nach oben gezogen.

»Deine Mutter war eingebildet. Hielt sich für etwas Besonderes. Dir haftet davon nichts an. Du bist einfach ein neugieriges und naives Kind.«

Melina wusste nicht, was sie darauf erwidern sollte, also schwieg sie, aß bedächtig ihre Suppe weiter, bis eine weitere Frage so lange auf ihrer Zunge brannte, bis sie sich nicht mehr zurückhalten konnte. »Warum haben sich die Kinder lustig über dich gemacht?«

Eske sah sie mit zusammengekniffenen Augen an. Etwas Feindseliges lag in diesem Blick.

»Ich frage nur, weil … Nun, in meiner Klasse machen sich die Kinder auch lustig über mich. Sie halten mich für merkwürdig.«

Eske schien sich zu entspannen. Ihr Blick wurde etwas weicher. »Merkwürdig?«

»Weil ich Dinge sehe, die sie nicht sehen können, wie die Elfen zum Beispiel. Die Kinder, die Lehrer, selbst meine Eltern haben mir gesagt, ich würde mir diese Dinge nur einbilden.« Melina bewegte den Löffel in der Suppe hin und her.

Eske seufzte. »Das kenne ich, aber machten sie sich auch lustig über dein Aussehen?«

»Nein«, erwiderte Melina, den Blick in die Schüssel geheftet.

»Nun, mich hat man wegen meines Äußeren verspottet. Sie sagten mir, meine Nase sei riesig, ich würde aussehen wie die Hexe aus dem Märchen der Gebrüder Grimm. Sie sagten, meine Beine seien genauso krumm, meine Augen listig, mein Körper zu dürr. Ich sei das

Hässlichste, was sie je gesehen hätten.« Die Worte sprudelten nur so aus Eskes Mund. Als sie schließlich abbrach, glaubte Melina, ein ersticktes Schluchzen zu vernehmen. Sie sah ihr Gegenüber an. Die Hexe blinzelte heftig, um offensichtlich ihre Tränen zurückzuhalten.

Melinas Herz zog sich mitfühlend zusammen.

»Das ist sehr gemein«, sagte sie.

Eske nickte, und als sie ihre Fassung zurückgewonnen hatte, erklärte sie mit Grabesstimme: »Und da habe ich mir gewünscht, wirklich eine Hexe zu werden. Eine mächtige Hexe, die es allen heimzahlen kann. Eine Hexe, die werden kann, was sie will, die aussehen kann, wie sie will.«

Ein Frösteln packte Melina und ließ sie erschauern.

»Ich habe den Vollmondstein gefunden.« Eske kicherte. »Er verstärkte meine magische Kraft.«

Melina dachte über das Gehörte nach. So viel Groll steckte in Eske, so viel Hass. Sie selbst hatte außer Traurigkeit nie etwas anderes verspürt, wenn sich ihre Mitschüler über sie lustig gemacht hatten.

»Und bist du jetzt glücklich?«, fragte Melina.

Eske sah sie an, als hätte sie gerade gefragt, ob sie ihr ein Einhorn schenken würde.

»Ich werde glücklich sein, wenn ich dein Herz besitze«, antwortete die Hexe. »Dann habe ich alles.«

Melina neigte ihren Kopf. Irgendetwas klang falsch und während sie noch darüber nachdachte, formte sich eine neue Frage in ihrem Kopf, schob sich hinunter auf ihre Zunge. »Warum lebst du hier allein im Wald? Warum nicht anderswo?«

Eske lachte. Es war ein abgehacktes Lachen. »Dir gehen die Fragen nie aus, was?«

Melina zuckte mit den Schultern.

»Nun gut, ich werde es dir sagen. Du hast die toten Bäume gesehen. Der Vollmondstein braucht ihre Energie und die der Elfen, um seine Macht an mich weiterzugeben. Der Wald und der Stein sind miteinander verbunden, ich darf ihn nicht aus dem Wald nehmen, und ohne ihn kann ich den Kindern nichts rauben, also muss ich hierbleiben und warten. Aber das Warten hat sich ausgezahlt: Mit deinem Herzen werde ich nach all den Jahren alles erreicht haben, was ich mir erträumt habe.«

Melina runzelte die Stirn: »Und dann? Du nimmst mein Herz, aber am Ende bist du wie eine Flickenpuppe. Nichts ist mehr von dir.«

Eske schlug mit der flachen Hand auf den Tisch: »Das ist nicht wahr! Ich bin immer noch ich. Ich habe nur einzelne Dinge von anderen genommen. Die Nase, die Stimme, die Augen, das Haar, der Rest des Gesichtes ist meines.«

Melina schaute skeptisch. »Aber Freunde hast du immer noch keine.«

»Pah, Freunde, die werde ich noch bekommen!«, rief Eske aus und fügte zischend an: »Hast du Freunde?«

»Ja«, sagte Melina. »Alexis ist mein Freund.«

Der Junge zuckte erschrocken zusammen, als hätte sie ihn mit ihren Worten gebrandmarkt.

Eske warf dem Jungen einen vernichtenden Blick zu. »Er ist ein Fähnchen im Wind. Wer noch?«

»Frenk.«

»Pah. Wer noch?«

»Niemand sonst, aber dafür sind sie wirklich gute Freunde. Es geht nicht darum, viele zu haben, aber dafür wahre.«

Eske beugte sich vor und schlug Alexis gegen die Schulter. »Dieser ist kein Freund, und was diesen Frenk betrifft, schön für dich, aber nur *einen* Freund zu haben, ist kümmerlich.«

»Du hast *gar keine* Freunde!«, erinnerte Melina. Sie wusste, sie wagte sich auf dünnes Eis. Hatte sie zuvor noch vermeiden wollen, die Hexe wütend zu machen, so war es ihr nun egal.

»Schweig!«, rief Eske. Sie sprang zornig von ihrem Stuhl auf, dabei fiel dieser scheppernd nach hinten um. Die Hexe stürmte zu Melina, packte sie am Handgelenk. »Steh auf!«, zeterte sie.

Alexis war ebenfalls hochgeschnellt. Seine Augen waren vor Schreck geweitet. Er gestikulierte heftig und Melina verstand: *Entschuldige dich bei ihr.*

Das Mädchen schüttelte den Kopf und blieb sitzen.

Alexis raufte sich verzweifelt das Haar.

»Warum schüttelst du den Kopf?«, wollte Eske wissen.

Melina antwortete nicht. Sie presste ihre Lippen zusammen. Sie hatte soeben eine Entscheidung getroffen, die großen Mut erforderte.

»Steh auf!« Die Hexe verstärkte den Griff um Melinas Handgelenk. »Ich nehme dir jetzt dein Herz, das hast du davon. Ich habe die Nase voll von deinen Fragen und Unterstellungen.«

Das Mädchen erhob sich, trotzdem ließ Eske nicht los. Energisch zog sie Melina aus dem Haus.

Vor der Tür stellte Alexis sich den beiden in den Weg. Sein Antlitz war eine Maske der Verzweiflung, als er die Hände in die Höhe riss und sie am Weitergehen hindern wollte.

»Geh mir aus dem Weg«, zischte Eske. »Oder ich nehme dir noch mehr als nur deine Stimme.«

Alexis blieb standhaft und machte eine verneinende Kopfbewegung. Gleichzeitig fuchtelte er mit seinen Händen herum. »Was soll das?«, knurrte die Hexe.

»Er will, dass du mich freilässt. Er sagt, er würde lieber sterben, bevor du mir das Herz raubst«, erklärte Melina.

»Das kann er gerne haben!«, rief Eske. Sie versetzte Melina einen Stoß, sodass das Mädchen zu Boden fiel. Dann packte sie Alexis am Hals und begann ihn zu würgen.

»Nein!«, schrie Melina. »Bitte nicht!« Sie rappelte sich auf. »Eske, du kannst mein Herz haben. Ich gebe es dir sogar freiwillig, aber lass Alexis am Leben. Bitte!«

Die Hexe ließ den Jungen fallen wie eine heiße Kartoffel.

Sie grinste grimmig. »Das ist die richtige Entscheidung. Folge mir.«

Melina nickte.

Alexis stand auf und sah das Mädchen flehend an. Sie ging zu ihm, um ihn zu umarmen. »Mach dir keine Sorgen«, sagte sie und drückte ihn. Sie fühlte so viel Zuneigung zu ihm, dass es sich anfühlte, als wäre ihr Herz in der Brust geschwollen. Sie spürte ihre heißen Tränen. Rasch löste sie sich von ihm und wischte sich über die Wangen.

»Du bist ein guter Freund«, sagte sie leise zu ihm. »Ich bin froh, dich kennengelernt zu haben.«

Alexis schniefte und mit Gebärden gab er ihr zu verstehen: »Du bist der liebste Mensch, den ich kenne.«

15

Der Vollmondstein

»*K*omm!«, rief Eske. »Oder ich werde deinem Liebsten das Leben aushauchen!«

»Ich komme«, erwiderte Melina und eilte zur Hexe, die sie sofort wieder am Handgelenk packte.

Eske führte sie an toten Gehölzen vorbei, einen schmalen Waldweg entlang bis zu einer mächtigen Eiche, die sich als einzige gesund und kräftig zwischen den sterbenden Bäumen erhob.

Die Hexe machte eine Handbewegung, worauf sich die Erde zwischen den Wurzeln teilte und ein Loch freigab. Nun wusste Melina, woher der Stein seinen Namen hatte. Schwarz schimmernd lag er im Erdreich. In seiner Mitte pulsierte ein weißlicher Kreis, der dem Vollmond glich. Trotz der kalten Farbe gingen Wärme und eine starke Energie von dem Stein aus. Es bereitete Melina Schwindel.

»Du kannst es spüren, nicht wahr?« Eske lachte. »Der Vollmondstein ist etwas vom Mächtigsten, das es gibt.«

Melinas Kehle war wie zugeschnürt. Sie zitterte am ganzen Körper. Sie hatte Angst, obwohl es ihr Entscheid war, Eske ihr Herz zu geben.

Die Hexe ließ sie los. »Keine Faxen!«, warnte sie Melina. Diese hob abwehrend die Hände in die Höhe.

»Gut so.« Eske beugte sich zu dem Stein und nahm ihn

in ihre Hände. Ihre Augen funkelten, ihre Mundwinkel zogen sich nach oben. »Streck deine Hände aus.«

Melina tat, wie ihr geheißen wurde. Ihre Hände bebten, und als Eske ihr den Stein übergab, zuckte sie zusammen. Er war hart und zugleich lebendig und warm.

Ich werde sterben, schoss es Melina durch den Kopf, und seltsamerweise hörte das Zittern auf. Sie wurde ruhig. Sie dachte an ihre Eltern, an die anderen Kinder, an Picasso. Wärme durchströmte sie. Es war gegen jede Logik.

»Und jetzt sag die Worte«, forderte Eske sie auf.

»Welche?«, fragte Melina irritiert.

»Sag einfach, dass du mir dein Herz schenkst. Ich kann es dir auch nehmen, aber ich denke, es wird mächtiger sein, wenn du es mir überträgst.« Die Hexe lächelte voller Vorfreude.

Melina atmete tief ein.

»Ich …«, begann sie, musste sich aber räuspern. »Ich schenke Eske mein Herz, meine Liebe, mein Mitgefühl, alles, was ich habe.« Der Stein glühte stärker auf, das Pulsieren wurde intensiver, und dann fuhr ein Strahl aus schwarzem Licht direkt in Melinas Brust. Sie spürte einen kurzen Schmerz und dann eisige Kälte, als ihr das Herz genommen wurde. Ihr Mund öffnete sich zu einem Schrei, aber kein Ton war zu hören. Sie wollte ihre Hände nach ihrem Herz ausstrecken, aber sie war wie gelähmt. Melina sah, wie es mit Eskes Brust verschmolz und es war nicht einmal erschreckend. Nein, es war in Ordnung so. Sie empfand weder Angst noch Freude noch Schrecken, einfach rein gar nichts. Ja, jetzt konnte sie sterben, denn ohne etwas zu empfinden – was hatte das Leben da für einen Sinn? Nun würde wenigstens Eske erfahren, wie es war, zu fühlen und vielleicht, nein, hoffentlich würde sie damit Gutes tun.

Kaum hatte Melina den Gedanken zu Ende gebracht, zerfiel der Stein in ihren Händen zu Staub.

Eske indessen schnappte nach Luft, als würde sie ersticken. Ihre Hand legte sich auf ihre Brust. Ein Wimmern entwich ihren Lippen, sie fand den Atem wieder und mit ihm brachen die Tränen aus ihr heraus. Sie konnte sich nicht erinnern, wann sie zuletzt geweint hatte. Es war schrecklich und wundervoll zugleich. Das Herz in ihrer Brust war voller Leben, voller Gefühle. Sie sah das Mädchen vor sich stehen, dem es einst gehört hatte. Melina. Sie lebte noch, aber ihre Miene war ausdruckslos. Sie stierte ihre Handflächen an. Der Vollmondstein war zerfallen. Nichts weiter als Staub war von ihm zurückgeblieben. Er hatte seine Aufgabe erfüllt. Eske lächelte.

»Komm mit«, sagte sie zu Melina. Sie konnte das Mädchen nicht so stehen lassen, aber was sollte sie mit ihr anstellen? Sie zu ihren Eltern zurückbringen? Nein, entschied sie, das wäre zu gefährlich, außer sie würde sie einfach allein losschicken oder zusammen mit Alexis. Ihre Gedanken überschlugen sich. Sie entschied sich schließlich, zunächst in ihr Haus zurückzukehren und dann erst einen Entschluss zu fassen.

»Ich fühle mich so leer«, sagte Melina, als sie neben ihr einherschritt.

»Daran wirst du dich gewöhnen«, erwiderte Eske, und sehr zu ihrer eigenen Überraschung fühlte sie sich schlecht ob ihrer Äußerung. Sie biss sich betroffen auf die Unterlippe.

Den Rest des Weges gingen sie schweigend nebeneinanderher.

Als das Haus in Sichtweite kam, fiel Eskes Blick auf den Käfig, in dem sie die Kinder gefangen hielt.

»Melina! Melina!«, brüllte der Junge mit dem albernen Namen.

»Hey, Frenk«, erwiderte das Mädchen und blieb stehen.

Eske ergriff Melinas Hand. »Komm weiter, ich bringe dich zu deinen Freunden.«

Die anderen Kinder starrten sie an. Das Mädchen ohne Haare, selbst das ohne Augen blickte in ihre Richtung. Ein Schauer rieselte Eskes Rücken hinunter. Der Anblick der Kinder im Käfig gefiel ihr nicht. *Es ist notwendig*, erinnerte sie sich selbst. Sie kämpfte gegen die Gefühle in sich an, die in ihr herumwirbelten wie Blätter im Wind. Sie verspürte einen Druck auf ihrer Brust. Rasch schloss sie die Tür des Käfigs auf und schob Melina eilig hinein. Dann ließ sie das Schloss wieder zuschnappen. Hastig machte sie sich davon. Sie ertrug es nicht länger, diese schmutzigen Kinder anzusehen. Besonders das Mädchen mit den leeren Augenhöhlen war ein entsetzlicher Anblick.

Sie eilte in ihr Haus, schlug die Tür zu, lehnte sich von innen dagegen und rang nach Luft. Erneut traten ihr Tränen in die Augen. Sie blinzelte, um sie zu vertreiben, aber sie ließen sich nicht zurückdrängen und rannen über ihre Wangen in salzigen Strömen. Eskes Schultern erbebten. Ihre Beine gaben unter ihr nach. Sie sank zu Boden.

So hatte sie sich das nicht vorgestellt mit dem Herzen. Sie hatte Freude empfinden wollen, aber nicht Trauer.

Es klopfte zaghaft an die Tür. Eske streckte den

Rücken durch, weil sie nicht sicher war, ob es wirklich ein Klopfen gewesen war. Als es erneut ertönte, stand sie auf, um zu öffnen. Hastig wischte sie sich die Tränen aus dem Gesicht.

Zu ihrer Überraschung stand Alexis davor.

Er fuchtelte aufgebracht mit seinen Händen und gab brabbelnde Geräusche von sich.

»Ich versteh dich nicht.«

Er nickte. Natürlich wusste er das. Trotzdem gestikulierte er weiter. In seinem Gesicht stand die pure Verzweiflung. Sein Anblick rührte etwas in Eske an und sie hörte sich selbst sagen: »Ich gebe dir deine Stimme zurück. Das ist ja kaum auszuhalten, dieses Gefuchtel!«

Kaum hatte sie die Worte ausgesprochen, tönte es aus Alexis' Kehle: »Wie konntest du das tun? Melina ist wie tot!«

»Sie hat mir ihr Herz freiwillig gege-« Sie verstummte. Nach all den Jahren hörte sie ihre eigene Stimme wieder. Es war seltsam und doch vertraut, aber nicht mehr so schrecklich, wie sie es einst empfunden hatte. »Hallo? Hallo?«, sagte sie und erntete von Alexis verständnislose Blicke.

»Ich teste meine Stimme«, erklärte sie und lachte. »Sie klingt gar nicht mehr so schlimm.«

»Nein, natürlich nicht«, sagte Alexis und lächelte zurückhaltend. »Danke, dass du mir meine Stimme wiedergegeben hast.«

»Dein Gestikulieren war nervtötend«, erwiderte sie.

Alexis tippte sich nachdenklich ans Kinn. Die Augenbrauen zusammengezogen, den Blick auf den Boden gerichtet.

»Woran denkst du?«, wollte sie wissen.

»Ach, nichts Bestimmtes«, wich er aus. Eske glaubte ihm nicht, beschloss aber, es dabei zu belassen. Mit diesem Herzen in der Brust war alles so anders. Das Lachen vorhin war wundervoll gewesen, doch das Gefühl hielt nur kurz an. Jetzt fühlte sie sich wieder traurig und wusste nicht, warum.

»Du scheinst unglücklich zu sein«, meinte Alexis. »Hast du jetzt nicht alles, was du wolltest?«

Eske zuckte mit den Schultern. »Ich weiß nicht …« Eine Rastlosigkeit erfasste sie. Sie begann hin und her zu gehen, um ihre Gedanken zu sortieren. Alexis blieb stehen, wo er war. Sein Blick folgte ihr.

»Ich dachte, ich würde glücklich sein, aber ich fühle mich vor allem traurig.« Sie hielt inne und zog einen Flunsch. »Wieso?«

Alexis' Stirn furchte sich. »Weil Freude sich in anderen Dingen begründet.«

»Worin?«, fragte Eske.

»Na ja, ich habe immer Glück empfunden, wenn ich schöne Dinge getan habe, die mir Freude bereiten. Singen zum Beispiel oder mit Freunden spielen«, erwiderte Alexis schulterzuckend.

Eske dachte nach. Sie hatte nie gesungen, und gespielt hatte sie immer allein …

»Was war das Erste, das du von einem Kind genommen hast?«, fragte Alexis, obwohl er es ganz genau wusste. Er kannte die Geschichte der anderen Kinder, aber er wollte es von Eske hören.

»Das Haar von Georgina«, erwiderte sie.

»Warum wolltest du es?«

»Es war so schön, ich dachte, wenn ich es hätte, dann wäre ich auch schön und glücklich.«

Alexis nickte. Erneut krauste er die Stirn.

Eske trat ungeduldig von einem Bein aufs andere.

»Komm!«, rief er plötzlich und eilte aus der Küche. Als er merkte, dass sie ihm nicht folgte, blieb er stehen, sah über seine Schulter und wiederholte: »Wo bleibst du?«

»Wo willst du hin?«

»In dein Schlafzimmer.«

»Wieso?«

Alexis rollte mit den Augen. »Komm einfach.«

Sie seufzte und folgte ihm in ihr kleines Schlafgemach. Bis auf das Bett, eine Truhe und einen Spiegel enthielt es nichts. Vor diesen Spiegel schob Alexis sie nun, kaum hatte Eske den Raum betreten.

»Was soll ich vor dem Spiegel?«, verlangte sie zu wissen.

»Sieh dich an!«, forderte er sie auf.

Eske gehorchte.

»Du hast die Augen, die Nase, den Mund, die Haare von anderen, du hast die Fantasie von einem Jungen gestohlen, die Großzügigkeit eines anderen und du hattest meine Stimme. Von allem hattest du nur das Beste.« Endlich konnte Alexis sagen, was er immer schon sagen wollte. Eske hatte sich nie die Mühe gemacht, mit ihm eine Zeichensprache auszuarbeiten. Sie wollte nur, dass er ihr gehorchte. Nicht mehr, abgesehen von seiner Stimme.

»Und warst du jemals glücklich?«

Eske betrachtete ihr Spiegelbild. Das Herz in ihrer Brust zog sich schmerzlich zusammen. Langsam schüttelte sie den Kopf.

»Auch jetzt bist du es nicht.«

»Nein, aber wieso, ich dachte immer …« Sie brach ab. »Es fühlt sich jetzt sogar seltsam an, mich anzusehen. So fremd.«

Alexis schwieg.

»Dieses Herz macht mich krank. Das Mädchen hat es mit irgendeinem Elfenzauber verhext. Deshalb hat sie es mir gegeben!«, rief Eske verzweifelt aus. »Ja, so muss es sein.«

»Blödsinn!«, sagte Alexis entschieden. Er wusste selbst nicht, woher er den Mut fand, so mit der Hexe zu sprechen. Etwas sanfter fügte er an: »Melina wurde von den Elfen unterrichtet. Elfenmagie kennt keine Flüche, das weißt du genau.«

Eske starrte sich selbst in die Augen, als würde sie im Spiegelbild eine Antwort finden. »Du hast recht. Trotzdem stimmt irgendetwas mit diesem Herzen nicht.«

Eske fühlte zum ersten Mal richtig und tat sich nun schwer damit. Die Erklärung war einfach, aber es ergab für Alexis keinen Sinn, es auszusprechen. Die Hexe würde es nicht verstehen.

»Ich leg mich hin«, entschied sie und wandte sich von ihrem Spiegelbild ab. »Es war vielleicht einfach zu viel heute. Morgen sieht die Welt bestimmt anders aus.«

Alexis nickte und zog sich zurück.

16

Das fremde Herz

*A*ls Eske am nächsten Tag erwachte, stand sie nicht sofort auf. Sie legte ihre linke Hand auf die Brust und spürte dem Schlag des fremden Herzens nach. Sie hatte in der Nacht schlecht geschlafen und sogar geweint. Trauer hatte sie erfüllt und Unruhe. Es war schrecklich, und doch hatte sie sich nie lebendiger gefühlt in ihrem Leben.

Auch jetzt, da sie im Bett lag, den Puls unter ihrer Handfläche wahrnahm und die Holzdecke anstarrte, wurde sie von Empfindungen wahrlich geflutet. So lag sie einfach da und versuchte, jede einzelne zu erspüren, zu verstehen. Dabei reisten ihre Gedanken in die Vergangenheit, zurück zu den ersten Erinnerungen ihres Lebens. Damals im Kinderheim, als sie das erste Mal erkannt hatte, dass sie anders als die anderen Kinder war, weil sie Dinge sehen und fühlen konnte, die sich anderen nicht erschlossen. Aber das hatte sie erst gemerkt, als sie mit anderen darüber gesprochen hatte und auf Unverständnis getroffen war. Die Nonnen, welche das Heim geführt hatten, hatten ihr Schläge verpasst, um ihr die Verrücktheiten auszutreiben, wie sie sagten. Eske hatte schnell gelernt zu schweigen. Doch als die Magie in ihr erwacht war und sie sie nicht kontrollieren konnte, waren merkwürdige Dinge um sie herum passiert, die den anderen Kindern nicht entgingen. Sie hatten begonnen, sie als Hexe zu beschimpfen, hatten ihre wenigen Habseligkeiten versteckt, hatten ihr das Essen weggenommen oder ihr mit Absicht ein Bein gestellt. Eske hatte am Anfang viel geweint, aber nur nachts und ganz leise ins Kissen. Sie hatte den anderen keine Genugtuung geben wollen. In den Nächten, als die Tränen immer weniger wurden, aber ihr Herz härter, als ihr Hass begonnen hatte zu glühen, hatte sie angefangen, Abscheu für ihre Schwäche zu empfinden, für ihre Andersartigkeit. Vielleicht sogar hatte sie sich selbst verabscheut, noch bevor es die anderen getan hatten. So genau vermochte sie das nicht mehr zu sagen und am Ende spielte es wohl auch keine Rolle …

Eske seufzte. So viele Jahre waren vergangen und noch immer fühlte sie sich wie ein dummes, kleines Mädchen. Möglicherweise, weil sie das Herz eines dummen, kleinen Mädchens in sich trug. Sie seufzte erneut. War es ein Fehler gewesen, das Herz zu nehmen? Nein, entschied sie. Und dachte an die Nacht zurück, in der sie sich gewünscht hatte, ihr Leben würde sich zum Besseren wenden. Zwei Hexen waren ihr damals erschienen. Die Hexe des Lichts und jene der Dunkelheit. Von ihnen hatte sie erfahren, dass sie tatsächlich eine Hexe war …

Es war in einer Nacht gewesen, als Eskes Tränen bereits nicht mehr über ihre Wangen flossen und es allein die Wut war, die sie wachhielt. Sie saß auf der Fensterbank und starrte in die Vollmondnacht hinaus. Die ersten Schneeflocken des Jahres fielen vom Himmel. Ihre Gedanken kreisten um Rachepläne und deren süße Versprechen, als sie die beiden Frauen draußen im Garten sah. Eine trug ein wallendes, weißes Kleid, die andere ein schwarzes. Jene mit dem hellen Gewand hatte langes, schwarzes Haar, während die andere mit der dunklen Robe feuerrotes Haar besaß. Beide waren sie wunderschön und beide gaben Eske mit Handbewegungen zu verstehen, sie solle nach unten kommen.

Eske zögerte, aber dann entschied sie, dass sie nichts zu verlieren hatte. Darauf bedacht, keine Geräusche zu machen, tapste sie trotz der Winterkälte ohne Schuhe hinaus. Die große Eingangstür, die normalerweise fest verschlossen war, stand einen Spaltbreit offen, und so konnte sie ohne Schwierigkeiten hinausschlüpfen. Sie schlang ihre Arme um den Oberkörper, um sich vor der kalten Nachtluft zu schützen. Zähneklappernd erreichte sie die zwei sonderbaren Frauen.

»Sei gegrüßt, Eske«, sprachen sie wie aus einem Mund, aber in unterschiedlichen Tonlagen. Die weiß gekleidete Frau hatte eine Stimme wie eine helle Glocke, während die andere eine dunkle, fast rauchige hatte.

Das Mädchen sagte nichts. Sie war so eingeschüchtert und erstaunt von den beiden Erscheinungen, dass sie keinen Ton über ihre Lippen brachte.

»Wir sind hier, um dich als Hexe in unserem Kreis zu begrüßen«, erklärten die Frauen unisono und verneigten sich leicht.

»Ich bin eine Hexe?«, krächzte Eske zitternd.

»Ihr ist kalt«, sagte die Frau in Weiß. »Hier sind Schuhe für dich.« Mit einer Handbewegung zauberte sie ihr warme, lederne Stiefel an die Füße.

Eske stieß einen Laut des Entzückens aus.

»Die Stiefel sind zu wenig«, meinte die andere Frau und zauberte ihr einen Mantel aus feinem, schwarzem Stoff auf den Körper.

»Danke«, flüsterte Eske ehrfürchtig. »Wer seid ihr?«

»Ich bin die Hexe der Dunkelheit«, erwiderte die Rothaarige.

»Und bin die Hexe des Lichts«, kam es von der anderen.

Beide lächelten sie freundlich an, ehe sie im Chor verkündeten: »Wir sind gekommen, um von dir zu erfahren, was für eine Hexe du sein möchtest.«

Eske blickte von der einen Frau zur anderen. Der Schnee fiel immer dichter vom Himmel und begann, den Boden völlig zu bedecken.

»Ich … Ich weiß nicht«, stammelte Eske und sah auf ihre Stiefel hinunter, die ihr so wunderbar passten.

»Welches Gefühl verspürst du am meisten?«, wollte die Hexe des Lichts wissen.

Eske sah auf. »Wut, Hass … Manchmal auch etwas Traurigkeit, aber immer weniger.«

Die beiden Frauen sahen sich an.

»Möchtest du dich rächen, jemandem wehtun?«, fragte die Hexe der Dunkelheit.

Eske blickte über ihre Schulter hin zum Waisenhaus.

»Ich wünschte, es würde brennen und alle würden im Feuer umkommen. Alle, die mich plagen, auslachen …«

»So ist sie meine Schülerin«, rief die Hexe der Dunkelheit erfreut auf.

»Schade«, meinte die andere mit einem milden Lächeln, bevor sie sich auflöste, als wäre sie nichts weiter *als ein Fiebertraum gewesen.* Vielleicht habe ich auch Fieber, *schoss es Eske durch den Kopf.* Dann hoffe ich, nie wieder zu erwachen.

Doch es war kein Traum. Die Hexe der Dunkelheit trat nahe an sie heran und legte ihr die Hände auf die Schultern. »*Tochter der Dunkelheit, ich heiße dich willkommen*«*, sagte sie feierlich, bevor sie Eske einen Kuss auf die Stirn drückte. Ein kalter Kuss, der, wie sie ihr später erklärte, die Magie festigte, die bereits in ihr aufgeflammt war.*

»*Und jetzt lass dieses schreckliche Haus mit seinem Gesindel bis zu den Grundmauern abbrennen!*« *Die Mundwinkel der Hexe bogen sich freudig nach oben.*

»*Wie mache ich das?*«*, fragte Eske.*

»*Stell es dir vor. Die Magie beginnt mit einem Wunsch und der Vorstellung von dessen Umsetzung. Dann hebst du deine Hände in die Höhe und sagst laut, was du dir wünschst.*«

Eske nickte. Sie befeuchtete mit der Zunge die Lippen. Vor Aufregung war ihre Kehle wie ausgetrocknet und sie war unsicher, ob sie überhaupt sprechen konnte. Also räusperte sie sich. Dann stellte sie sich vor, wie das Gebäude in Flammen aufging, hob die Hände in die Höhe und sprach: »*Brenn! Brenn bis auf die Grundmauern, und lass die Flammen alle, die darin sind, verschlingen.*«

Eske erwartete, dass sie etwas in ihren Händen spüren oder irgendwelche Lichtblitze sehen würde, aber nichts dergleichen passierte. Enttäuscht ließ sie ihre Arme wieder sinken.

Sie starrte das Haus an. War die Hexe der Dunkel-

heit doch nur ein Produkt ihrer Träume? Würde sie
gar nicht da sein, wenn sie jetzt ihren Blick nach rechts
wandte? Eske ballte ihre Hände zu Fäusten. Würde
sie am Ende von den Nonnen gesehen und mit einer
Tracht Prügel bestraft werden?
Doch plötzlich sah sie die orangegelben Flammen. Ihr
Herz machte einen Satz. Sie hielt den Atem an und riss
die Augen auf, als das Feuer das Gebäude umloderte
und es immer mehr und mehr einzunehmen begann.
»Wunderschön, nicht?«, sagte die Hexe der Dunkelheit.
Eske konnte nur nicken. Die Worte waren ihr ausge-
gangen.
»Und jetzt wird es Zeit zu gehen«, sagte die Hexe un-
vermittelt. »Du hast noch viel zu lernen.«

Eske blinzelte, die Erinnerungsbilder verblassten und sie
sah wieder die Decke ihrer Behausung über sich. Die
Zeit des Lernens unter Anweisung der dunklen Hexe
war hart gewesen. Eske hatte sich zuerst darauf gefreut,
aber dann war die Hexe schlussendlich genauso herzlos
und unbarmherzig gewesen wie die Nonnen. Eske hatte
sich durchgebissen, gelernt, so viel sie konnte, und war
schließlich davongelaufen, um den Vollmondstein zu suchen, von dem sie so viele Geschichten gehört hatte und
den es angeblich nicht zu finden gab. Eske lächelte voller
Stolz, als sie daran dachte, wie es ihr gelungen war, den
Stein zu finden. Sie wäre fast gestorben, aber sie hatte es
geschafft und jetzt …? Sie sah fragend die Decke an, als
könnte sie dort die Antwort erhalten, aber diese erwiderte ihre Anfrage mit stoischem Schweigen – wie war es
auch anders zu erwarten von totem Holz?

Es klopfte zaghaft an der Zimmertür. Eske schwang die Beine aus dem Bett und rief: »Ja?«

Alexis trat ein.

»Guten Morgen, Eske«, sagte er. Sie zuckte zusammen. Sie war es noch nicht gewohnt, ihn sprechen zu hören. Die Stimme passte besser zu ihm als zu ihr. Und als sie seinen morgendlichen Gruß erwiderte, stellte sie fest, dass ihr ihre eigene Stimme immer besser gefiel. Eine verrückte Idee formte sich in ihrem Kopf.

»Ich möchte singen«, platzte es aus ihr heraus. Sie strich etwas verlegen ihr Nachthemd glatt. Verlegenheit hatte sie schon lange nicht mehr gespürt. *Dieses verräterische, fremde Herz,* dachte sie.

»Was ist mit den Kindern?«, fragte Alexis, statt auf ihre Äußerung einzugehen.

»Was soll mit ihnen sein?«, fragte Eske gereizt. Sie trat vor den Spiegel. Während sie sich betrachtete, fuhr sie mit den Fingern durch das dichte, schwarze Haar, um es zu bändigen. Sie konnte sich gar nicht mehr erinnern, von welcher Farbe ihr eigenes gewesen war. Es war schon so lange her. Die Magie des Vollmondsteines hatte sie nicht altern lassen. Wie alt sie tatsächlich war, konnte sie nicht sagen. Die Zeit war verstrichen, aber es hatte Eske nicht interessiert. Jetzt, da der Vollmondstein zerfallen war, fragte sie sich, ob sie nun jedes Jahr älter werden würde.

»Du hast alles, was du willst, du könntest sie gehen lassen …« Die Worte kamen zögernd über Alexis' Lippen. Er hatte den Kopf etwas eingezogen, gerade so, als würde er damit rechnen, geschlagen zu werden.

»Ich überleg es mir«, sagte sie und fügte an: »Wirst du

mit mir singen? Ich will es mit meiner eigenen Stimme lernen. Mit deiner konnte ich es nicht, und ich finde, meine klingt gar nicht so schlecht. Was denkst du?«

Sie drehte sich mit einem Lächeln um.

Alexis nickte. Es war seltsam, Eske so zu sehen. Sie war anders. Vermutlich lag es am Einfluss von Melinas Herz. Bei dem Gedanken an Melina bildete sich in seinem Bauch ein hohles Gefühl. Das Mädchen war tot, obwohl es immer noch atmete, sich bewegte und redete. Doch ihre Augen waren leer, ihre Stimmte ohne Farbe. Er hatte, bevor er zu Eske gegangen war, versucht, mit ihr zu sprechen, aber eine Unterhaltung wollte nicht recht in Gang kommen. Außerdem war es für ihn entsetzlich, Melina in diesem Zustand zu erleben. Er war am Ende geflüchtet, weil er es nicht länger ertrug, sie so zu sehen. Seine Melina, die ihm am Fluss die Zeichensprache beigebracht, die mit ihm gelacht hatte und die wütend auf ihn gewesen war, war verschwunden.

Am liebsten hätte er Eske das Herz aus der Brust gerissen und es Melina zurückgegeben, aber das würde nicht funktionieren, dafür musste er kein Genie sein. Nur Magie konnte helfen, aber der Vollmondstein war zerfallen …

»Junge!«, rief Eske und riss ihn aus seinen düsteren Gedanken.

Er blinzelte. »Alexis!«, konterte er.

Einen Moment starrte Eske ihn irritiert an.

»Das ist mein Name«, fügte er erklärend hinzu.

»Sei nicht albern«, knurrte die Hexe. »Das weiß ich.«

»Dann könntest du mich so nennen.«

Sie zuckte mit den Schultern. »Von mir aus, Aaaleeexisss.«

161

Sie sprach seinen Namen extra gedehnt aus. »Also, was denkst du? Ist meine Stimme eine Gesangsstimme?«

»Ja. Sie ist sogar sehr schön. Ich verstand nie, warum du mir meine genommen hast«, erwiderte er. Traurigkeit erfüllte ihn, als er daran dachte, wie viele Jahre er ohne Stimme gewesen war. Er hatte es so sehr vermisst zu singen. Stets hatte er davon geträumt, ein großer Sänger zu werden, dann hatte er die Hoffnung aufgegeben und nun …? Er könnte fliehen und die anderen Kinder und Melina allein lassen … Nein, das brachte er nicht übers Herz.

Eske sog ihre Unterlippe ein und ließ sie schließlich wieder mit einem Seufzen frei, ehe sie sagte: »Ich kann es mir, ehrlich gesagt, auch nicht erklären.«

Ihre Worte holten ihn in die Gegenwart zurück.

»Ich werde mich waschen und anziehen«, verkündete Eske. »Danach singen wir.« Sie machte eine Handbewegung, die ihm klarmachte, dass er das Zimmer zu verlassen hatte.

Er nickte und kam ihrer Aufforderung nach.

17

Gesang und Spiel

ie Tage darauf waren wie ein seltsamer Traum für Alexis. Eske wurde immer fröhlicher, je mehr sie sang. Immer wieder sagte sie: »Ich verstehe mich nicht, meine Stimme ist so schön …« Und Alexis bekräftigte ihre Ansicht: »Ja, wirklich, sie ist wunderschön.«

»Lass uns spielen!«, rief Eske am dritten Tag.

»Was?«, fragte Alexis verwirrt.

»Ich weiß nicht … Die anderen Kinder haben mich früher immer ausgeschlossen. Nenn mir ein Spiel!«

Alexis wurde wehmütig, als er sich daran erinnerte, was er früher mit seinen Freunden gespielt hatte. Auch flammte die Erinnerung an seine Eltern auf, die er immer verdrängt hatte, um nicht der Trauer zu erliegen. Er hatte Freunde und Familie schon so viele Jahre nicht mehr gesehen. Wie viele es tatsächlich waren, wusste er nicht. Die Zeit im Wald schien langsamer zu vergehen. Er war nicht älter geworden, aber er war bestimmt schon eine halbe Ewigkeit hier.

Er überlegte, Eske danach zu fragen, zögerte jedoch.

»Was ist?«, fragte sie, als er nichts erwiderte.

»Wie lange bin ich schon bei dir?«, fragte er. Seine Stimme zitterte ein wenig.

Eske zuckte mit den Schultern. »Woher soll ich das wissen?«

Er starrte sie fassungslos an.

»Ich weiß nicht einmal, welches Jahr wir schreiben«, sagte sie. »Es ist mir auch egal. Nun schlag endlich ein Spiel vor!«

Alexis' Schultern sanken enttäuscht nach unten. Vielleicht waren seine Freunde, seine Eltern schon längst tot …

»Komm, Alexis«, quengelte Eske.

»Ich habe gerne mit Murmeln gespielt«, antwortete er schließlich tonlos.

»Murmeln.« Eskes Augen begannen zu glänzen. Sie legte ihre Hände ineinander, und als sie sie wieder öffnete, lagen in der einen Handfläche farbige Kugeln. Die schönsten, die Alexis je gesehen hatte. Sie schimmerten bunt in den Farben des Regenbogens.

»Hübsch, nicht?«, flüsterte die Hexe.

Alexis nickte. »Vielleicht lassen wir die anderen Kinder auch mitspielen?«, fragte er vorsichtig.

Eske dachte kurz nach.

»Es macht mehr Spaß«, versuchte Alexis sie zu überzeugen.

»Na schön«, entschied Eske großmütig und ging hinters Haus, wo sich die Kinder befanden. Alexis folgte ihr.

Sie schloss den Käfig auf und deutete mit dem Zeigefinger auf Frenk, Melina und das Mädchen ohne Augen. »Ihr drei kommt mit.«

»Wen meint sie?«, fragte das Mädchen ohne Augen mit zitternder Stimme. Frenk ergriff ihre Hand. »Sie meint dich, Anna, und Melina und mich.«

»Wieso?«, fragte Anna laut genug, sodass auch Eske es hören konnte.

»Weil wir ein Spiel spielen«, antwortete Eske ungeduldig. »Es soll Spaß machen – sagt er.« Sie deutete auf Alexis, um den Kindern zu verstehen zu geben, dass er schuld sein würde, wenn sie sich nicht amüsierten.

Misstrauisch traten Frenk und Anna aus dem Käfig. Melina folgte ebenfalls, abgestumpft und apathisch, mit schlurfendem Gang.

Eske hüpfte aufgeregt von einem Bein auf das andere, während Alexis die Spielregeln erklärte. Als er damit fertig war, klatschte sie begeistert in die Hände und rief: »Los! Das klingt nach viel Spaß!«

Schnell stellte sich jedoch heraus, dass ein Spiel mit Murmeln und einem Mädchen ohne Augen keine Freude bereitete.

»Du hast alle Murmeln ins Gebüsch geworfen«, klagte Eske und rollte mit den Augen, die eigentlich Anna gehörten.

»Ich kann nichts sehen«, erwiderte diese weinerlich. »Schließlich habe ich keine Augen!« Ein Schluchzen ließ die schmale Brust des Kindes erbeben. Eske wirkte sichtlich betroffen. »Ja, stimmt«, murmelte sie.

Anna weinte, ohne eine Träne vergießen zu können, dafür aber umso herzzerreißender mit ihrer Stimme.

Alexis legte ihr einen Arm um die Schulter, während Melina danebenstand und unruhig von einem Bein auf das andere trat. Frenk sah betreten auf seine Füße, die Schultern hängend, während Eske auf ihrer Unterlippe kaute.

»Also gut«, platzte es schließlich aus der Hexe heraus. »Du kannst deine Augen wiederhaben.«

Der Kopf des Mädchens ruckte ungläubig in die Höhe.

Alexis blinzelte, weil er glaubte, sich verhört zu haben. Frenk schaute von einem zum anderen mit fragend geweiteten Augen. Melina war immer noch unruhig. Sie hörte die Worte, erkannte ihren Sinn, und doch fühlte sie sich ausgeschlossen und fremd. Sie verstand das Aufheben nicht, die vielen Emotionen. Es war ihr zutiefst unangenehm.

»Mit meinen eigenen habe ich ohnehin besser gesehen«, meinte Eske schulterzuckend.

Alexis hielt den Atem an.

Eske sprach ein paar Worte und dann waren die Augen wieder bei ihrer eigentlichen Besitzerin. Anna brach erneut in Tränen aus, aber dieses Mal in Tränen des Glücks.

»Ich kann sehen! Ich kann sehen!«, schrie sie und tanzte wild herum, ehe sie Eske um den Hals fiel.

»Danke! Danke!«, sagte sie immer wieder. Lachte und weinte zugleich.

»Ach, ach«, war alles, was Eske erwiderte, aber Alexis entging das feuchte Schimmern in ihren Augen nicht, und er schöpfte mit einem Mal Hoffnung.

»Und jetzt lasst uns weiterspielen!«, meinte Eske laut.

»Ich suche meine Murmeln«, rief das Mädchen, das seine Augen wiederhatte, und verschwand in den Büschen.

Frenk grinste. »Ich denke, das könnte länger dauern.«

Eske und Alexis lachten ebenfalls, nur Melina blieb ernst. Sie wirkte sogar etwas genervt.

»Was ist los?«, fragte Alexis.

»Ich verstehe diese Aufregung um die bunten Kugeln nicht«, lautete ihre Antwort. Dazu kam ein Schulterzucken. »Das ist doch völlig ohne Sinn, dieses Spiel.«

166

Alexis und Frenk wechselten betroffen Blicke. Es war für die beiden schrecklich, Melina so zu erleben, und selbst Eske schien irritiert von ihrem Verhalten, obwohl Melinas Zustand ihr Verschulden war.

»Dann solltest du wieder zurück in den Käfig gehen«, meinte Eske mit der Härte in der Stimme, die Alexis von ihr gewohnt war.

»Von mir aus.« Erneut zuckte Melina teilnahmslos mit den Schultern.

»Bring sie zurück«, wandte Eske sich an Alexis.

Dieser nickte, nahm der Hexe den Schlüssel ab, den sie ihm entgegenstreckte. Er berührte Melina sanft am Arm. »Komm.« Das Mädchen gehorchte seiner Aufforderung und setzte sich in Bewegung. Als sie außer Hörweite der anderen waren, sagte Alexis: »Ich vermisse dein Lachen, deine strahlenden Augen und deinen Optimismus.«

»Es hat mich nirgendwo hingeführt«, meinte Melina mit monotoner Stimme. »Mein Optimismus hat euch nicht befreit. Wir werden alle für immer Gefangene der Hexe sein.«

Die völlige Abwesenheit von Traurigkeit oder gar Verzweiflung in ihren Worten jagte Alexis einen kalten Schauer über den Rücken. Es war, als hätte Melina eine Tatsache ausgesprochen, die vollkommen in Ordnung war.

»Wie kannst du das so einfach sagen, als ob es dir egal wäre?«

»Ich füge mich meinem Schicksal. Das solltest du auch. Es macht das Leben einfacher.«

Alexis blieb stehen, während Melina weiter auf den Käfig zuging. »Warte!«

Sie drehte sich mit fragendem Blick zu ihm um.

»Ich will mein Leben nicht einfach haben!«, rief er. »Ich will es auskosten, jede Minute. Ich will lachen, weinen, schreien … Ich will jede Emotion spüren, egal wie schmerzlich sie sein kann. Ich will nicht so sein wie du.«

»Du bist ein Narr.« Melina schüttelte den Kopf. »Was du sagst, ist albern. Gefühle sind überbewertet.« Sie legte ihren Kopf leicht schräg, fixierte ihn mit zusammengekniffenen Augen. »Vermutlich hoffst du auf eine Chance, von hier wegzukommen.« Es war, als würde Eske aus ihr sprechen. Traurigkeit überkam Alexis. Wäre er bloß niemals zu dem Haus gegangen! Er war schuld daran, was mit Melina geschehen war. Und wenn er ganz ehrlich zu sich selbst war, dann war er sogar verantwortlich für die Schicksale der meisten Kinder hier. Eske war es, die ihn immer wieder ausgeschickt hatte, um die schönsten Augen zu finden, das schönste Lachen, die schönste Nase. Er war schlimmer als Eske. Plötzlich war ihm schlecht. Schlecht von ihm selbst. Er hatte sich stets als Opfer der Hexe gefühlt, aber in Wahrheit war er ein ebensolches Monster wie sie. Er hätte sich einfach weigern können, aber stattdessen hatte er um sein Leben gebangt und dafür das von anderen zerstört.

»Siehst du, dass ich recht habe?«, fragte Melina und setzte ihren Weg fort.

Alexis ballte die Fäuste. Ihm war nach Weinen zumute. Er folgte ihr bis zu dem Käfig.

»Nein, du irrst dich!«, meinte er, als er den Schlüssel ins Schloss steckte und die Tür öffnete. Melina ging ohne Zögern in den Käfig hinein. Ausdruckslos meinte sie: »Du wirst es noch selbst einsehen – so wie ich.« Sie sah ihm dabei in die Augen. Das Funkeln, das er gewohnt war darin zu sehen, war erloschen.

Er hätte versuchen können, sie vom Gegenteil zu überzeugen, aber ohne ihr Herz würden seine Worte sie nicht erreichen. Ohne das Herz, in dem die Freude wohnte, die Liebe, die Hoffnung. Ohne ein weiteres Wort an sie zu verlieren, schloss er den Käfig zu und ging davon. Er passierte Eske und die anderen Kinder, die wieder beim Murmelspielen waren. Als er einfach an ihnen vorbeiging, rief die Hexe: »Alexis! Wohin gehst du?«

»Spazieren«, gab er matt zurück.

Eske eilte ihm nach. »Aber was ist mit dem Spiel? Macht es dir keine Freude?«

Er drehte sich zu ihr um. Sie stand vor ihm mit funkelnden Augen und geröteten Wangen. Zum ersten Mal wirkte sie wie ein Kind. Gleichzeitig fühlte er sich selbst wie ein alter Mann.

»Warum bin ich noch ein Kind?«, fragte er.

Eske zuckte mit den Schultern.

»Das glaub ich dir nicht!«, brüllte Alexis.

Eske machte einen Schritt zurück. Ihre rechte Hand schnellte aufwärts, schützend vor ihr Herz. »Ich weiß nicht alles«, erwiderte sie. Sie schlug ihre Augen nieder.

»Ah.« Alexis stand abwartend da. »Und wie kommt das?«

»Ich hatte keine Eltern. Ich bin in einem Kinderheim aufgewachsen. Die anderen Kinder mochten mich nicht, wegen meines Aussehens und weil ich Dinge sah und tun konnte, zu denen sie nicht in der Lage waren. Sie sagten, ich sei hässlich. Sie sagten, ich sei dumm.« Eske schluchzte.

Alexis blickte auf. »Und deswegen hast du angefangen, Kinder in den Wald zu locken und ihnen das zu nehmen, was das Schönste an ihnen ist.«

Langsam nickte die Hexe.

»Diese Kinder hatten alle Eltern. Eltern, die nun denken, sie seien tot! Wie meine!« Wut und Trauer überwältigten Alexis. »Und ich habe dir dabei geholfen. Ich habe nichts getan, um dich aufzuhalten. Ich bin genauso schlimm wie du! Vielleicht sogar noch schlimmer! Ich bin ein verdammter Feigling!« Er schlug sich die Hände vors Gesicht und wünschte sich, der Boden würde sich unter ihm öffnen, um ihn zu verschlingen.

»Ich … Ich«, stammelte Eske. »Bitte sag so etwas nicht.«

»Warum?« Er hielt die Hände weiter vor sein Gesicht. Tränen nässten seine Handflächen.

»Mein Herz. Es tut so weh, dich so zu sehen.« Er hörte und spürte, wie sie zögerlich näher kam. Dann berührte sie ihn. Ihre Hände schlossen sich um seine Handgelenke. Zwangen ihn sanft, die Hände sinken zu lassen. Er gab nach.

»Sieh mich an!«, bat Eske.

Er gehorchte nicht. Er wollte nicht mehr gehorchen. Ein grausiger Gedanke nahm in seinem Kopf Form an. Er sollte sie töten. Ein eisiger Schauer jagte seinen Rücken hinunter.

»Weißt du noch, wie wir uns zum ersten Mal begegnet sind?«, fragte sie.

Nun blickte Alexis doch auf. »Natürlich. Es war im Zirkus.«

Eske nickte mit einem Lächeln. Tränen rollten aus

ihren Augenwinkeln. »Ich habe dich gesehen und mich in dich verliebt, in deine Stimme ...«

»Mein Vater ließ mich immer ein Lied singen für die Zuschauer vor der Pause. Ich war für nichts anderes zu gebrauchen, wie er manchmal sagte. Während meine Brüder gute Akrobaten waren, so war es, als hätte ich zwei linke Füße«, erinnerte sich Alexis wehmütig. Wie lange war es her, seit er zuletzt an seine Familie gedacht hatte, an den Zirkus, in dem er aufgewachsen war, den er geliebt hatte, wie seine Eltern und seine nervenden, eingebildeten Brüder, die gerne Mädchen beeindruckten mit ihren Kunststücken? Er konnte sich nicht entsinnen. Es war, als hätte er über alles eine Ladung Erde geschaufelt. Er war abgestumpft, unempfindlich geworden. Möglicherweise der herzlosen Melina gar nicht so unähnlich.

Erneut jagte ihm ein Schauer über den Rücken.

»Ich hatte kein Geld und habe mich in die Vorstellung geschlichen«, erinnerte sich Eske mit einem Schimmern in den Augen. »Alles war beeindruckend in eurem Zirkus. Die Kunststücke, die Tiere, aber dann kamst du. Es wurde dunkel im Zelt, nur ein einzelner Scheinwerfer war auf dich gerichtet. Das Publikum war still, wartete gespannt, und dann fingst du an zu singen mit deiner glockenhellen Stimme. Ich hatte eine Gänsehaut. Oh, wie ich deine Stimme begehrte.«

Alexis wusste noch, wie er nach der Vorstellung auf dem Gelände umherspaziert war. Die anderen waren dabei, sich abzuschminken und umzuziehen, aber er, er war einfach in seinen gewöhnlichen Kleidern aufgetreten ohne Schminke. Sein Vater hatte es für interessanter, kontrastreicher gehalten und recht damit behalten. Das Publikum war immer begeistert gewesen. Sein Gesang brauchte keine Ablenkung.

»Du hast mich leise gerufen«, erzählte Alexis. »Du riefst: *Junge mit der schönen Stimme!*«

»Ich wollte wissen, warum du so schön singen konntest«, führte Eske ihre Erzählung weiter. »Aber du wusstest es nicht.«

»Und du warst enttäuscht.« Alexis ballte seine Hände zu Fäusten. »Du locktest mich mit einer List weg, sprachst von einem magischen Ort im Wald, wo ich auch zaubern konnte wie du. Du hast mir die Gabe geschenkt, kleine Dinge in Eis zu verwandeln. Ich war vor Freude außer mir. Malte mir aus, wie ich im Zirkus damit die Zuschauer und meine Familie beeindrucken konnte. Dann zeigtest du mir den Vollmondstein und stahlst meine Stimme.«

»Ja, ich nahm dir deine Stimme«, flüsterte Eske.

»Und du stahlst von vielen Kindern noch viel mehr …«

»Ja, ich stahl …« Noch immer perlten Tränen ihre Wangen hinunter. Und dann, als Alexis aus einer Eingebung heraus fragte: »Und wie fühlst du dich jetzt?«, schluchzte die Hexe auf.

»Ich fühle mich immer noch nicht besser. Im Gegenteil. Mein Herz schmerzt. Ich schäme mich. Ich hasse mich. Ich habe Angst. Ich fühle so viel.« Ihre Schultern erzitterten unter einem Weinkrampf. »Ich hätte dieses Herz nicht nehmen sollen.«

Alexis stand da. Mit ruhiger, aber fester Stimme sagte er: »Du hättest von niemandem etwas stehlen sollen.«

»Aber ich war ein Niemand, ich war allein …« Sie

brach ab. Sah sich um. Sie wurde bleich und sackte auf die Knie.

Alexis fuhr erschrocken zusammen. Eske schlug die Hände vors Gesicht. »Ich bin immer noch allein. Ich war es immer. Egal, was ich getan habe. Oh, wie dumm war ich, wie blind.« Sie ließ ihre Hände sinken und schüttelte den Kopf. »Was soll ich bloß tun?« Hilfesuchend sah sie Alexis an.

Seine Kehle war wie zugeschnürt. Er wusste Hunderte Dinge, die sie hätte tun können, aber etwas in ihm hielt ihn zurück, herauszubrüllen, was er dachte.

Eske setzte sich auf ihre Fersen, während sie weinte und dann plötzlich wie von Sinnen schrie: »Ich will das alles nicht mehr. Ich will dieses Herz nicht mehr! Ich will die Haare nicht! Ich will nichts mehr, was nicht zu mir gehört. Es soll zurückgehen, wo es herkam!«

Da begann die Erde zu beben. Wurzeln schlangen sich um Eskes Arme und Beine. Sie schrie erschrocken auf. Aus dem Boden erhob sich ein schwärzlicher Staub, wirbelte umher und setzte sich wieder zu dem Vollmondstein zusammen, der schließlich vor Eske auf die Erde sank. Wie ein pulsierender Mond am Nachthimmel gab er ein weißliches Licht von sich.

Die Hexe sah den Stein wütend an, als wäre er schuld an allem. »Hast du mich gehört?«, schluchzte sie. »Ich will nichts mehr von dir. Ich will nichts mehr, was nicht zu mir gehört.«

Der Stein begann immer stärker zu leuchten. So stark, dass Alexis sich abwenden musste. Er hörte, wie Eske schrill aufschrie. Die Erde erzitterte. Er fiel bäuchlings hin. Sein Herz schlug zum Zerspringen. Seine Hände krallten sich in den Boden. Er kniff seine Augen zusammen und wartete darauf zu sterben. Doch nichts geschah. Das Beben verging so schnell, wie es gekommen war, genauso das Leuchten des Steines. Alles, was er noch hörte, war ein leises Wimmern und dann eine helle Stimme: »Alles ist gut. Du hast eine Entscheidung getroffen. Eine weise Entscheidung.«

Alexis erhob sich und drehte sich um. Er blinzelte ungläubig. Vor Eske stand eine Frau in einem langen, wallenden, weißen Kleid. Ihr Haar war schwarz. Das Gesicht alterslos. Sie reichte Eske eine Hand. Die Wurzeln waren verschwunden.

»Erhebe dich, meine Tochter.«

Eske schluchzte auf, ehe sie die Hand der Frau ergriff.

Alexis' Augen weiteten sich. Eske war wieder Eske. So wie er sie damals getroffen hatte. Ein wunderschönes Mädchen, das für nichts und wieder nichts versucht hatte, jemand anders zu sein, jemand vermeintlich Schöneres.

Das Mädchen, in das er sich verliebt hatte, dem er nie verraten hatte, warum er ihr in den Wald gefolgt war. Nicht nur, weil sie ihm die Magie versprochen hatte, nein, er hatte vor allem gehofft, sie zu küssen, aber dann hatte sie ihm seine Stimme genommen …

»Du bist es«, sagte Eske. »Die Hexe des Lichtes.«

Die Frau nickte.

»Wirst du mich bestrafen?«, fragte Eske.

»Aber nein, du warst doch schon die ganze Zeit bestraft.« Sie lächelte nachsichtig.

»Aber … Aber«, stammelte Eske.

»Schhh …« Die Hexe legte ihr einen Zeigefinger auf

die Lippen. »Schau mir in die Augen«, bat sie das Mädchen.

Eske gehorchte.

Alexis beobachtete die Szenerie mit pochendem Herzen.

»Was siehst du?«

»Mich …«, erwiderte Eske heiser. »Oh, ich bin so schön. Warum sehe ich das erst jetzt?«

»Das war deine Reise, kleine Hexe«, sagte die Ältere. »Deine Reise, die du gewählt hast. Und auch deine Reise, Alexis.« Nun sah sie den Jungen zum ersten Mal an. Ihr Lächeln war herzerwärmend.

Er senkte den Blick, weil er fand, dass er es nicht verdient hatte, so angelächelt zu werden.

»Warum hast du in dieser Nacht nicht versucht, meine Meinung zu ändern?«, fragte Eske die weiße Frau.

»Hättest du mir geglaubt?«, fragte die Hexe.

Eskes Mund zuckte, ehe sie antworte: »Nein, wahrscheinlich nicht.«

»Ja, das denke ich auch. Zu viel Schatten war in dir, aber Melina hat dir ihr Herz gegeben, damit du auch an das Licht in dir gelangst.«

»O Melina.« Eske weinte. »Wie geht es ihr?«

»Es ist alles in Ordnung mit ihr. Ihr Herz ist wieder bei ihr, so wie alle anderen Dinge zu den Kindern zurückgekehrt sind, wo sie hingehören.«

»Was passiert nun mit uns?«, brachte Alexis hervor.

»Ihr gehört nicht mehr in diese Zeit. Ihr wart zu lange hier im Wald. Hier stand die Zeit still wegen des Vollmondsteins. Wenn ihr jetzt zurückgeht, wäre das nicht gut für eure Familien.«

»Werden wir sterben?«, stöhnte Eske erschrocken auf.

»Ja, aber keine Sorge. Der Tod ist nicht das Ende. Er ist der Anfang von etwas Neuem.« Die Hexe des Lichtes lächelte geheimnisvoll. »Nun vollendet, was noch getan werden muss.«

»Und was ist das?«, fragten Alexis und Eske wie aus einem Mund.

»Ihr wisst es.«

Eske sah Alexis an, und während sie sich so in die Augen schauten, wurde ihnen klar, was die Hexe des Lichtes meinte.

Gemeinsam gingen sie zu den gefangenen Kindern.

Eske befreite alle. Eines nach dem anderen, das aus dem Käfig trat, löste sich in goldfunkelnden Staub auf, der zum Himmel schwebte. Am Ende war nur noch Melina im Käfig. Sie stand ganz hinten. Aus ängstlich geweiteten Augen blickte sie Alexis und Eske an.

Gerade als Eske etwas sagen wollte, eilte Frenk heran. Er war ebenso herausgetreten, aber nicht zerfallen. »Anna ist zu Goldstaub zerfallen!«, rief er außer sich. »Sie ist …« Er verstummte und starrte in den Käfig, wo sich nur noch Melina befand. »Où sont les autres?«, stieß er heiser aus.

»Sie sind frei«, erwiderte Eske.

»And Melina and I?«, wollte Frenk wissen. Er musterte Eske mit zusammengekniffen Augen. »Du siehst so anders aus …«

»Du bist jetzt die wahre Eske?« Melina war an den Ausgang des Käfigs getreten. Sie wagte aber noch keinen Schritt hinaus.

»Ja, ich bin die wahre Eske. Danke, Melina, dass du

mir dein Herz gegeben hast. Ohne dein Opfer wäre ich nie zur Besinnung gekommen.« Dankbar brach die Hexe in Tränen aus. »Es tut mir so unendlich leid.«

Melinas Herz zog sich mitleidig zusammen. Sie verließ den Käfig, um Eske in die Arme zu nehmen.

»Ich vergebe dir«, sagte sie. »Ich kenne deine Geschichte nicht, aber vielleicht erzählst du sie mir noch.«

Eske löste sich aus der Umarmung. »Danke, Melina. Danke, danke. Ich glaube, ich habe keine Zeit mehr, meine Geschichte zu erzählen. Ich spüre, wie mein Körper sich verändert. Aber eines habe ich gelernt: Ich habe auf die Stimme von anderen gehört, ihnen mehr geglaubt als meinen eigenen Augen, Ohren und meinem Herzen. Das war ein Fehler. Es hat mich blind gemacht, taub und vor allem voller Wut und Begehren und Wünsche, die nicht recht waren. Leb wohl, Melina.« Und dann löste sich Eske auf wie die anderen Kinder zuvor.

»Alexis?«, fragte Melina und sah den Jungen an. »Was passiert mit dir? Wirst du auch einfach verschwinden?«

Er trat zu ihr. »Ja, auch ich muss gehen. Eigentlich wäre ich schon ein alter Mann.« Er lachte leise auf. »Kannst du dir das vorstellen?«

Melina schüttelte den Kopf mit Tränen in den Augen.

»Bist du mir böse?«, fragte er.

»Nein.«

»Das solltest du aber, ich habe dich hierhergeführt, in den Wald …«

»Und so konnte ich alle retten«, unterbrach Melina ihn. »Ich konnte vollenden, was meine Mutter damals nicht gekonnt hat. Weil sie davon ausgegangen ist, sie müsse Eske töten.«

»Aber zu töten, ist never the solution«, kam es von Frenk.

»Ja, es steht niemandem zu, Leben zu nehmen«, meinte Alexis und nickte. »Es war schön, euch kennenzulernen, und ich wünschte, ich wäre auch ein Kind dieser Zeit, aber so sollte es wohl nicht sein.« Er zuckte mit den Schultern. Er blinzelte heftig, um die aufsteigenden Tränen zu unterdrücken.

»Melina, darf ich dir auf Wiedersehen sagen?«

Das Mädchen bejahte.

»Mit einem Kuss?«, fragte er und wurde dabei ganz rot im Gesicht.

»Ich bin noch nie geküsst worden«, erwiderte Melina mit belegter Stimme.

»Dann wird es das erste Mal sein.« Alexis lächelte schüchtern, ehe er ganz dicht an sie trat und sie auf den Mund küsste, und während er sie noch küsste, löste er sich auf.

Zurück blieben Frenk und Melina.

»War das alles nur ein Traum?«, fragte Frenk nach einer Weile des betroffenen Schweigens.

»Nein, das war kein Traum«, erwiderte Melina matt. Sie fühlte sich plötzlich sehr müde.

»Ich möchte heim«, meinte Frenk schließlich, den Tränen nahe. »Ich vermisse meine Eltern.«

»Ich meine auch«, sagte Melina und ergriff seine Hand. »Lass uns schnell nach Hause gehen.«

18

Wiedersehen

*D*ie Sonne zerfloss in einem Meer aus Orange, Gelb und Rot. Weder Melina noch Frenk konnten sagen, wie lange sie unterwegs waren. Der Wald schien sich in die Unendlichkeit ausgedehnt zu haben.

»Haben wir uns verlaufen?«, fragte Frenk, als die Sonne untergegangen war. Ratlos biss sich Melina auf die Unterlippe.

»Merde!«, stieß Frenk aus.

»Na, na, na. Es gibt so viel schönere Worte auf Französisch«, sagte eine warme, vertraute Stimme.

Melina drehte sich um die eigene Achse. »Picasso!«

Der Fuchs setzte sich mit einem breiten Lächeln vor die beiden Kinder.

»Ein sprechender Fuchs!«, rief Frenk lachend. »Das wird uns niemand glauben.«

»Picasso, Eske ist gegangen und mit ihr die Kinder, die schon lange gefangen gewesen waren. Frenk und ich sind wieder frei. Und weißt du, wie alles am Ende gut ausgegangen ist?«, sprudelte es aus Melina hervor.

»Du hast ihr dein Herz gegeben«, antwortete Picasso.

Melinas Mund klappte erstaunt auf. »Ja, genau …«

»Erinnerst du dich daran, wie ich dir sagte, ich würde gerne beobachten?«

Melina nickte.

»Ich war immer in der Nähe.«

»Aber warum hast du nichts gesagt? Dich kurz gezeigt?« Melina schüttelte fassungslos den Kopf.

»Es hätte dir nicht geholfen«, antwortete Picasso schlicht. »Das war mir klar und gleichzeitig war es mir unmöglich, einfach zu gehen. Ich musste bleiben, beobachten und dir gute Wünsche schicken.«

»Gute Wünsche schicken?«, fragten Frenk und Melina wie aus einem Mund.

»Nun, ich tue das oft«, erklärte der Fuchs. »Ihr könnt das auch machen für andere Menschen, und zwar habe ich folgende Worte gesprochen: Bitte schenke Melina Kraft und Mut zum Wohle des Ganzen. Danke.«

»Und zu wem hast du das gesagt?«, wollte Melina wissen. »Gott?«

Picasso schmunzelte. »Das muss jeder für sich selbst wissen, woran er glaubt und an wen er die Worte richten will. Es spielt keine Rolle, ob es Gott ist, die Engel, Allah, Buddha oder wer auch immer.«

Frenk kratzte sich nachdenklich am Kopf, während Melina nickte.

»So und jetzt werde ich euch nach Hause begleiten«, sagte Picasso. »Ihr scheint mir etwas verloren.«

»Oh danke. Ja, wir wissen nicht, wo dieser Wald anfängt, geschweige denn aufhört«, meinte Melina zerknirscht.

»Es ist auch schon ganz schön dunkel geworden und der Wald ist sehr groß«, sagte der Fuchs. »Kein Wunder, dass ihr euch verlaufen habt.«

»Und weil es so dunkel ist, sind auch wir hier!«, rief

eine glockenhelle Stimme, und wie aus dem Nichts flogen unzählige, leuchtende Wesen heran. Die Elfen! Und zuvorderst Aria!

Melina stieß einen Laut des Entzückens aus. »O Aria! Schön, dich wiederzusehen.« Sie drehte sie fröhlich im Kreis. »Schön, dass ich euch *alle* wiedersehe.«

»Und wir freuen uns«, sprachen die Elfen unisono.

Frenk sah sich staunend um.

»Du hast Eske und die Kinder befreit«, sagte Aria. »Wir sind sehr stolz auf dich.«

Melina errötete verlegen. »Ach, irgendwie habe ich das Gefühl, dass ich gar nicht so viel gemacht habe. Ich glaube, Alexis hat auch seinen Beitrag geleistet.«

»Das ist wahr«, warf Frenk ein. »Aber du hast ihr das Herz freiwillig gegeben, n'est-ce pas?«

»Ja, ich hatte die Hoffnung, dass sie mit meinem Herzen erkennt, wie viel Leid sie angerichtet hat.«

»Und das hat Eske!«, sagte Frenk.

»Danke, Melina!«, riefen die Elfen und klatschten begeistert.

»Nun geleiten wir euch mit Picasso zusammen nach Hause.«

Und so leuchteten die Elfen den Kindern und dem Fuchs den Weg. Wobei Letzterer natürlich auch ohne das Licht der Elfen ausgekommen wäre.

Frenk räusperte sich. »Du, ich wollte noch sagen: I'm sorry.«

»Wofür?«, fragte Melina erstaunt.

»Für mein dummes Verhalten an diesem Nachmittag, an dem meine Freunde und ich dich am Fluss gesehen haben.«

»Oh.« Melina senkte ihren Blick auf ihre Füße.

»Ich wollte meinen Kumpels gegenüber cool sein, aber eigentlich ... Also eigentlich ...« Er geriet ins Stocken und atmete geräuschvoll ein, ehe er ausstieß: »Mag ich dich sehr, really, really much.«

Melinas Herz machte einen Satz. »Wirklich?« Sie sah ihn an.

Frenk fuhr sich mit einer Hand durchs Haar. »Oui.«

»Danke.« Melina legte eine Hand auf seine Schulter, worauf er stehen blieb. Weil Frenk etwas größer als sie war, musste sie sich etwas auf die Zehenspitzen stellen, um ihm einen Kuss auf die Wange zu geben.

Nun war es Frenk, der ein erstauntes »Oh« von sich gab. Melina kicherte.

»Das war schön«, murmelte Frenk und ergriff Melinas Hand. Und so gingen sie den Rest des Weges bis zum Fluss. Hand in Hand. Dort angekommen, verabschiedeten sich die Elfen und Picasso von den beiden Kindern. Melina weinte. »Werde ich euch wiedersehen können?«

»Aber natürlich«, meinte Picasso. »Komm einfach in den Wald und denke an uns. Wir werden uns alle freuen, dich wieder einmal zu treffen.«

»Auch ich wäre sehr erfreut!«, rief eine tiefe Stimme. Alle zuckten erschrocken zusammen. Aus der Dunkelheit schälte sich Aaron, der Wolf.

»Was guckt ihr so?«, fragte er. »Angst vor dem bösen Wolf?« Er lachte schallend.

»Macht es dir so viel Spaß, den Bösewicht zu spielen?«, fragte Aria. Die Hände in die Hüften gestemmt, schnitt sie eine Grimasse.

»Hier und da muss das jemand tun, um andere auf den rechten Weg zu stupsen«, meinte Aaron lakonisch.

»Dank dir bin ich zu den Elfen gekommen«, warf Melina ein. »Du hast mich vor Alexis gewarnt.«

Aaron hob kurz die rechte Pfote in die Höhe und wirkte mit dieser seltsamen Geste wie ein Mensch in einem Wolfskostüm. »Das habe ich gerne gemacht. Obwohl der stumme Junge einfach nur sehr durcheinander war und keiner von den wirklich Schlechten, aber das hast du ja dann noch bemerkt, nicht wahr?«

Melina nickte.

»Dann hoffe ich, dass dir klar ist, dass auch ich kein Bösewicht bin.« Aaron blickte sie hoffnungsvoll an.

Melina lächelte. »Ja, das weiß ich.«

»Dann wirst du mich ebenfalls besuchen kommen?«

»Natürlich.«

»Schön«, meinte Aaron. »Würdest du mich noch hinter dem Ohr kraulen zum Abschied?« Der Wolf bewegte demonstrativ sein rechtes Ohr.

Melina kicherte, streckte ihre Hand aus, um dem Wunsch nachzukommen. Aarons schwarzes Fell war ganz weich. Er neigte seinen Kopf und stieß ein zufriedenes Knurrgeräusch aus, was Melina nochmals zum Kichern brachte.

»Und was ist mit mir?«, fragte Picasso.

»Du kriegst eine Umarmung!«, rief Melina.

So verabschiedete sie sich von allen. Schließlich hüpften Melina und Frenk über die Steine im Fluss auf die andere Seite. Während sie den Fluss überquerte, fühlte sie sich an Alexis erinnert und wurde traurig. Ein weiteres Mal wurde sie traurig, als sie am Kreuz von Barons

Grab vorbeigingen. Ihr Herz zog sich schmerzlich zusammen. Doch sie war froh, diese Trauer zu spüren, ja, sie freute sich fast darüber, denn nichts war schrecklicher gewesen, als nichts zu empfinden. Kein Schmerz, keine Angst oder Traurigkeit wog diese Leere auf, die sie ohne Herz in sich gehabt hatte.

»Melina?« Es war ihre Mutter. Bekleidet mit Yogahose und einem T-Shirt war sie aus dem Haus getreten und blinzelte ungläubig. »Melina?«, fragte sie nochmals, weil ihre Tochter zunächst nicht reagierte.

Da ließ Melina die Hand von Frenk los und stürmte auf ihre Mutter zu, die unbeweglich dastand und offensichtlich nicht glauben konnte, ihre Tochter zu sehen.

Melinas Herz raste vor Aufregung und Freude, und als sie in die ausgebreiteten Arme ihrer Mutter fiel, weinte sie vor Glück und Dankbarkeit. Und da wusste sie, was noch schöner und besser war, wenn man fühlte: die Freude und die Liebe! Sie waren es, die die Menschen durchs Leben trugen, sie miteinander verbanden.

»Frenk, Frenk, komm zu uns!«, rief Melina und löste sich dabei aus der Umarmung ihrer Mutter, aber nicht ganz. Sie wollte die Nähe zu ihr nicht so schnell wieder verlieren.

Zögerlich kam der Junge näher.

»Oh, ihr seht müde und abgekämpft aus!«, rief Ella aus.

Frenk stand nun neben Melina.

»Komm her«, sagte sie und legte ihren Arm um ihn und dann umarmten sie sich alle drei und weinten vor Erleichterung.

Irgendwann schluchzte Melina. »Mama, Eske ist weg.«

»Was?«, rief die Mutter erstaunt. »Hast du, habt ihr sie getötet?«

Melina schüttelte den Kopf. »Nein, ich habe sie fühlen lassen, was ich fühlte.«

»Und wie hast du das gemacht?«, wollte die Mutter wissen.

»Ich habe ihr mein Herz geschenkt.«

ENDE

IN EIGENER SACHE

Liebe Leserin, lieber Leser, ich hoffe, du hattest viel Vergnügen beim Lesen dieser kleinen, aber feinen Geschichte. Wenn dir die Geschichte um Melina, Alexis und Eske gefallen hat, dann sprich darüber oder schreibe eine Rezension. Das würde mich sehr unterstützen, um noch mehr Bücher schreiben zu können. Herzlichen Dank!

PS: Falls du gerne über Neuigkeiten auf dem Laufenden gehalten werden möchtest, schreibe mir doch eine E-Mail an mail@andrea-schneeberger.ch, dann nehme ich dich in den Newsletter-Versand auf.

DANKSAGUNG

Irgendwann in der 3. oder 4. Klasse kam eine Autorin zu uns an die Schule. Ich weiß leider ihren Namen nicht mehr, aber sie hat – glaube ich mich zu entsinnen – aus einer Drachengeschichte vorgelesen. In meiner Erinnerung war dies das Initial-Erlebnis für mich, um mit dem Schreiben zu beginnen. So möchte ich ihr, der Autorin, deren Namen ich leider vergessen habe, ganz herzlich danken für die Inspiration. Mittlerweile ist das Schreiben für mich so wichtig wie die Luft zum Atmen. Ich wünsche jedem Menschen etwas in seinem Leben, das ihm so viel Freude macht und Kraft schenkt.

Mein herzlicher Dank geht an Wolma für die wertvolle Zusammenarbeit. Ein großes Dankeschön an Sandra für die Veredelung ☺ Du hast den letzten Schliff gemacht. Ein ebenfalls ganz liebes Dankeschön sende ich Daniela, Juliane und Corinna. Es war mir wieder ein Vergnügen, mit euch zu arbeiten.

Meine große Dankbarkeit geht auch an meine Eltern, die mich stets unterstützt haben in meinen Berufswünschen und in allen Lebenslagen. Danke, dass ihr immer mit Rat und Tat an meiner Seite wart. Mein Vater natürlich heute noch, während meine Mutter von einem anderen Ort auf mich aufpasst ;-).

DIE AUTORIN

Andrea Schneeberger ist in der Innerschweiz aufgewachsen. Sie arbeitete als Friseurin und später als Marketing-
fachfrau bei Non-Profit-Organisationen, ehe sie sich
ganz dem Schreiben widmete. Ihr Herz gehörte seit der
Kindheit dem Schreiben. Erste Erfolge konnte sie 2002
mit ihrem Debüt-Roman »Der Kuss der Nacht« feiern.
In den Jahren darauf folgten mehrere Fantasy-Romane,
Kurzgeschichten und Veröffentlichungen unter Pseud-
onym.

andrea-schneeberger.ch
Instagram: andrea-schneeberger

Tosca und der weiße Kater suchen den Himmel
Andrea Schneeberger

Dies ist die Geschichte eines kleinen Mädchens, welches auf tragische Weise beide Elternteile verliert. Ihr größter Wunsch ist es, den Himmel zu finden, um ihre Eltern zu treffen und wieder mit ihnen vereint zu sein. Ihr Begleiter auf der abenteuerlichen Reise ist ein magischer Kater. Dieser gibt Tosca ein großes Versprechen, doch kann er es wirklich halten?

Alma
Evelyne Quadrelli

Alma lebt mit ihrer Familie in dem kleinen Bündner Bergdorf Affeier. Das Leben in den 30er Jahren ist nicht immer einfach. Alma ist klein und schmächtig. Doch jeder der sie kennt, weiss was in ihr steckt. Sie ist ein Kind der Berge, wild und zäh wie die Natur, frei wie der Wind, stark und ausdauernd wie ein Wildbach, mit dem Kopf voller Flausen.

Lajos und der Weltenbaum
Andrea Schneeberger

»Wenn du die Frau küsst, die du liebst, wird der Welten-
baum brennen und die Menschheit vernichtet!«
Als Lajos mit sechs Fingern und Zehen geboren wird,
zeichnet ihn das als Táltos aus. Ein Mensch mit magischen Fähigkeiten, erwählt von Isten, um den Welten-
baum vor Ördög zu schützen.
Lajos weiß nicht, wo dieser sagenumwobene Baum steht
und es interessiert ihn auch nicht. Vielmehr macht ihm
zu schaffen, dass sein Puls sich in der Gegenwart der
schönen Csilla beschleunigt. Wird sich die Vorhersage
erfüllen oder kann Lajos zum Wohle aller Menschen
gegen seine Gefühle für Csilla ankämpfen?

König Drosselbart: Wahre Liebe
Lilly-Grace Turner

Kein Mann ist der schönen und verwöhnten Prinzessin Alina gut genug, sehr zum Unmut ihres Vaters. Dieser verheiratet sie in seiner Verärgerung an einen mittellosen Spielmann, den er für mutig genug hält, mit seiner widerspenstigen Tochter umzugehen.

Und so muss Alina die Geborgenheit des Schlosses verlassen – an der Seite eines Mannes, den sie unausstehlich findet, um zu lernen, wer sie ist und was ihr wirklich etwas bedeutet im Leben.